Jutta Ebersberg

Winterschlaf
Ein badischer Krimi

AF194525

Bibliographische Information der Deutschen Nationalbibliothek
Die Deutsche Nationalbibliothek verzeichnet diese Publikation in
der Deutschen Nationalbibliographie; detaillierte bibliographische
Daten sind im Internet über http://dnb.d-nb.de abrufbar.

Die Autorin:

Jutta Ebersberg, geboren 1955 in Rastatt, aufgewachsen in Bühl, lebt seit 1975
in Karlsruhe und genießt seit Anfang 2021 den Ruhestand.

Mehr unter www.juttaebersberg.de

Umschlaggestaltung/Foto: Jutta Ebersberg, Hans-Arved Willberg

ISBN: 978-3-7557-4166-4

Redaktion und Produktion: Hans-Arved Willberg
KomBi - Verlag für Komptenz und Bildung von Life Consult
76275 Ettlingen; E-Mail: info@life-consult.org; Website: www.life-consult.org

Herstellung und Verlag: BoD – Books on Demand, Norderstedt

Jutta Ebersberg

Winterschlaf
Ein badischer Krimi

Maries Hände zitterten leicht, als sie zwei Löffel Tee-
blätter in die Filtertüte gab. Sie nahm den Wasserko-
cher, goss heißes Wasser in die Teekanne und stellte
den Kocher zurück an seinen Platz. Den zartwürzigen
Duft von Zimt und Koriander nahm sie nicht wahr.
Mit einem tiefen Seufzer zog sie den Küchenstuhl zurück und setzte sich. Zum wievielten Mal sah sie bereits auf die Uhr?

Ihre Unruhe schien sich auf das ungeborene Kind
zu übertragen. Es trat heftig gegen ihren Bauch. Sachte hielt sie ihn mit ihrer linken Hand, mit der rechten
streichelte sie beruhigend darüber und versuchte dabei, selbst etwas ruhiger zu werden.

Schließlich ging sie mit der Teekanne zurück ins
Wohnzimmer und stellte sie auf das Stövchen, das ihr
Ralf vor drei Jahren zum Geburtstag geschenkt hatte.
Sie ließ sich auf das Sofa sinken, füllte ihre Teetasse,
umklammerte sie mit beiden Händen und blies vorsichtig hinein. So starrte sie ein paar Minuten ins Lee-
re und stellte die Tasse wieder ab, ohne einen Schluck
genommen zu haben.

Gedankenverloren griff sie mit der rechten Hand
nach dem Buch, das aufgeschlagen neben ihr auf dem
Sofa lag, und begann zu lesen. Nachdem sie zum dritten Mal am Ende der Seite angekommen war ohne
den Inhalt zu erfassen, legte sie das Buch wieder ab,
stand auf und ging zum Fenster. Draußen wurde es
langsam dunkel, aus den Fenstern der Nachbarhäuser
drang warmes Licht, und leichter Schneefall verzau-
berte das Bild. Zu Marie drang die Schönheit des Au-
genblicks nicht durch.

Sie nahm das Telefon, das die ganze Zeit schweigend auf dem niederen Tisch gelegen hatte, und wählte die Nummer ihrer Freundin Svenja. Nach dem vierten Klingelton befürchtete sie schon, dass der Anrufbeantworter anspringen würde, da meldete sich die vertraute Stimme. Nachdem sie ihren Namen genannt hatte, brach es aus ihr heraus: „Svenja, ich habe solche Angst um Ralf! Er hätte längst wieder zurück sein sollen."

Ihre Freundin unterbrach sie: „Jetzt mal langsam, das wird schon irgendeinen Grund haben. Was hatte er denn vor?"

„Das ist es ja gerade: Ich weiß es nicht. Es muss etwas ganz Wichtiges gewesen sein, er hatte so einen komischen Gesichtsausdruck, wollte aber nichts sagen, nur, dass er etwas erledigen muss."

Svenja war nicht nur ihre beste Freundin, sie hatte auch eine pragmatische Art, Probleme anzugehen und zu lösen. „Ich habe gerade nichts Besonderes vor und meine Waschmaschine braucht noch eine Stunde – ich komme vorbei, wenn es dir recht ist."

Marie hauchte ein „Danke!" in den Hörer und legte auf.

Es dauerte nicht lange, da läutete es an der Haustür, und Svenja stand mit Wintermantel und selbst gestricktem rotem Schal und Wollmütze davor. Sie nahm ihre Freundin herzlich in den Arm und folgte ihr ins Wohnzimmer, nachdem sie im Flur abgelegt hatte. Marie stellte ihr eine Tasse hin und forderte sie mit einer Geste auf, sich selbst zu bedienen.

Svenja nahm etwas Kandis in den Tee, rührte mit einem Löffel um und schaute ihr Gegenüber intensiv an. „Jetzt erzähl mal der Reihe nach!"

„Da gibt es nicht viel zu erzählen. Ich habe dir ja vorhin schon gesagt, dass Ralf etwas Wichtiges erledigen wollte und immer noch nicht zurück ist. Ich habe solche Angst, dass ihm etwas passiert ist. Ich habe auch versucht, ihn über sein Handy zu erreichen, aber er geht nicht dran."

„Marie, es ist Dezember, in zweieinhalb Wochen ist Weihnachten – könnte es nicht sein, dass er einfach unterwegs ist, um Weihnachtsgeschenke zu kaufen? Und was im Moment in der Stadt los ist, brauche ich dir wohl nicht zu erklären. Womöglich ist er auf dem Weihnachtsmarkt, schiebt sich durch das Gedränge oder wartet auf eine der überfüllten Straßenbahnen. Es gibt jede Menge Gründe, warum er noch nicht zurück ist."

„Svenja, ich kenne Ralf! Der hat nicht ausgesehen, als ob er Weihnachtsgeschenke einkaufen wollte, außerdem haben wir ausgemacht, dass wir uns dieses Jahr nichts schenken." Sie streichelte über ihren Bauch und zuckte mit den Schultern. „Wir brauchen das Geld für das Baby."

„Was kann er denn sonst vorgehabt haben? Musste er vielleicht nochmal in die Schule?"

„Das glaube ich nicht, es muss etwas völlig anderes gewesen sein. Ich kann es nicht erklären, aber ich habe ein ganz ungutes Gefühl."

Sie zögerte einen Augenblick, bevor sie fortfuhr: „Als Hannes vor ein paar Wochen mitbekommen hat, dass ich schwanger bin, hat er deutlich gesagt, dass wir als Familie nicht glücklich werden. Es war wie eine Drohung, und du erinnerst dich ja bestimmt noch an Hannes! Hätte ich damals gleich auf dich gehört, hätte ich mich nie auf ihn eingelassen."

Erschrocken schaute Svenja ihre Freundin an. „Und du meinst, dass Ralf noch nicht da ist, kann mit Hannes zusammenhängen?"

Hilflos antwortete Marie: „Ich habe keine Ahnung, aber eben dieses ungute Gefühl." Sie schlang ihre dicke Wolljacke enger um sich, als ob sie bei dem Gedanken fröstele.

„Wie lange ist Ralf denn schon weg?"

„Er hat kurz nach zwei die Wohnung verlassen."

Svenja schaute auf die Uhr: es war jetzt Viertel vor sechs. „Und du bist ganz sicher, dass er schon zurück sein müsste?"

In sich zusammengesunken saß ihre Freundin auf dem Sofa und fing an zu schluchzen. Svenja setzte sich neben sie, reichte ihr ein Taschentuch und streichelte ihr sanft über den Rücken.

Nachdem sich Marie etwas beruhigt hatte, nahm sie den Faden wieder auf. „Bei der Polizei können wir uns schlecht melden nach so kurzer Zeit. Das Einzige, was wir im Moment tun können, ist in den Krankenhäusern nachzufragen. Vielleicht hatte er ja einen Unfall. Benutzt du zufällig noch ein Telefonbuch?"

Mühsam erhob sich Marie, ging in den Flur und kam kurz darauf mit einem Telefonbuch zurück. Svenja schlug die Seite der Krankenhäuser auf. „Weißt du, ob er Papiere dabeihatte?"

In Maries Augen spiegelte sich ein Hauch von Verzweiflung. „Ralf doch nicht, er sagt immer: ‚Wir leben hier ja schließlich nicht in New York, in Karlsruhe kennt man sich!' Darüber, dass ihm einmal etwas zustoßen könnte, hat er sich, glaube ich, noch nie Gedanken gemacht."

„Kannst du wenigstens sagen, was er angehabt hat?"

„Jeans, seine dunkle Jacke und darüber den grünen Schal." Sie dachte einen Moment nach und fügte dann an: „Und die alberne blaue Pudelmütze."

Svenja wählte die Nummer des Städtischen Klinikums und schilderte in wenigen Sätzen ihr Problem, nachdem sich eine freundliche Stimme gemeldet hatte.

„Soweit ich weiß, ist in den letzten Stunden kein Patient hereingekommen, auf den diese Beschreibung passen könnte, aber ich frage sicherheitshalber kurz in der Notaufnahme nach", und schon erklang eine Warteschleifenmusik. Nachdem sich diese mehrfach wiederholt hatte, meldete sich die freundliche Stimme wieder zu Wort: „Nein, es tut mir leid, ich kann Ihnen nicht weiterhelfen."

Svenja bedankte sich, legte auf und versuchte es in den anderen Krankenhäusern, jedoch auch hier ohne den gewünschten Erfolg. Sie seufzte tief und entschloss sich, doch bei der Polizei anzurufen. Der Beamte, der sich meldete, nahm zwar ihr Anliegen und die Personenbeschreibung auf, machte ihr aber wie erwartet keine Hoffnung darauf, dass eine Suchaktion gestartet würde. Er wies auf den kurzen Zeitraum hin und auch auf die Belastung der Kollegen im Blick auf das Weihnachtsgeschäft mit den vielen Taschendiebstählen. Nachdem er die Telefonnummer notiert hatte, beendete er das Gespräch.

„Mehr können wir im Moment nicht tun! Vielleicht löst sich ja auch alles ganz anders auf und Ralf erscheint fröhlich, als ob nichts gewesen wäre." Sie hatte ihren ganzen Optimismus in diesen Satz gelegt, auch wenn sie selbst nicht daran glaubte, dass es so kommen würde. Inzwischen war Maries Unruhe auf sie übergesprungen.

Ein paar Minuten saßen die beiden stumm nebeneinander. Svenja wollte ihre Freundin in dieser Situation nicht allein lassen. Sie überlegte: „Ich könnte kurz nach Hause gehen, meine Wäsche aufhängen und dann wiederkommen. Wenn du willst, übernachte ich bei dir, es sei denn, Ralf taucht bis dahin doch noch auf."

Marie schnäuzte in das Taschentuch und nickte. „Das wäre lieb von dir. Ich weiß überhaupt nicht, was ich mit mir anfangen soll, ich bin völlig durcheinander."

Beide standen auf und gingen in den Flur, wo Svenja ihren Mantel anzog und die Freundin nochmal kräftig in den Arm nahm. „Ich beeile mich", flüsterte sie.

Sonntag

Ute Becker saß im Bademantel am Frühstückstisch und blätterte in der Sonntagszeitung, als das Telefon läutete. Irritiert nahm sie den Hörer zur Hand und sah die Nummer eines Kollegen vom Außendienst im Display.

„Ute Becker. Was gibt's denn schon so früh?"

„Wolfgang hier, es tut mir leid, dass ich dir in den Sonntag platzen muss, aber wir haben hier eine Leiche. Ein Hundebesitzer hat uns angerufen. Er war mit seinem Hund unterwegs, und der hat ihn zu der Leiche gezerrt, im Oberwald."

„In aller Kürze: Was ist passiert? Und konntet ihr die Leiche identifizieren?"

„Ein junger Mann, circa Anfang bis Mitte dreißig, liegt unter einem Baum. Da es in der Nacht heftig geschneit hat, fiel er gar nicht auf, wenn nicht der Hund gewesen wäre. Der Mann hat eine Schnittwunde am Hals und ist verblutet. Ob er irgendetwas dabeihat, was ihn ausweisen kann, wissen wir noch nicht, da wir nicht vorgreifen wollten." Insgeheim dachte er an die Vorwürfe, die er in seiner Anfangszeit bekommen hatte, als er bei einem Einsatz eine Leiche berührt hatte, bevor die Verantwortlichen eingetroffen waren. Dabei hatte er es nur gut gemeint!

„Wo genau befindet sich die Leiche?"

Mit einem gewissen Stolz in der Stimme kam die Antwort: „Nahe beim Rettungsstandort 1906!"

Ein genervter Unterton war nicht zu überhören, als die Rückfrage kam: „Darf ich dich erinnern, dass ich bei der Kriminalpolizei arbeite und nicht in der Rettungsleitstelle? Geht's vielleicht ein bisschen genauer?"

Wolfgang war über den Tonfall erschrocken und erwiderte rasch: „In der Nähe vom Polizeischießstand, gleich bei der Abzweigung am Oberwaldsee."

Nach einem Blick auf die Uhr antwortete Ute: „Informiert die Spusi, falls ihr das nicht schon getan habt! Das ganze Aufgebot halt, ihr macht das ja nicht zum ersten Mal. Ich komme dann in etwa einer Stunde, die Leiche wird wohl nicht wegrennen!"

„Nein, wir haben uns noch nicht bei der Spurensicherung gemeldet. Wir wollten erst mal dir Bescheid sagen, aber als nächstes rufe ich Gerd an. Kann der mit der Arbeit schon anfangen, oder willst du erst alles so sehen, wie wir es vorgefunden haben?"

„Er kann ruhig anfangen, er weiß ja, worauf es ankommt."

Hatte die Kommissarin seine Gedanken gelesen? „Gut, dann bis nachher."

Ute legte auf, trug das Frühstückstablett in die Küche, verstaute die Lebensmittel im Kühlschrank und beschloss, alles andere später zu versorgen. Sie war sauer, weil sie sich auf einen gemütlichen Sonntag gefreut hatte. Ihr Vater kam ihr in den Sinn, der ihr diesen Beruf von Anfang an hatte ausreden wollen, weil er Angst um seine Tochter hatte. „Wenn ich mir vorstelle, dass du mit Mördern zu tun hast! Es gibt so viele schöne Berufe, musst du ausgerechnet so etwas Gefährliches machen? Das Leben ist doch so schon schwer genug." „In dem Punkt hatte er recht", dachte sie. „Das Leben ist schwer, nicht einmal am Sonntag hat man seine Ruhe!' Sie ging ins Bad, hängte ihren Bademantel an den Haken, duschte, zog sich eine warme Hose und einen dicken Wollpullover an und legte ein leichtes Make-up auf. Nachdem sie einen Schal und den Anorak angezogen hatte, nahm sie den Autoschlüssel und ihren Rucksack, verließ die Wohnung und schloss ab.

Draußen hatte Herr Eberhard, der Pfarrer, der mit seiner Frau im Stockwerk über ihr wohnte, bereits den Gehsteig und einen schmalen Weg bis zur Haustür vom Schnee freigeschippt. Ute war froh, dass ihm solche Aufgaben Spaß machten und sie davon völlig befreit war. Als er vor einigen Jahren eingezogen war, hatte er gesagt: „Meine Frau und ich sind Rentner – wir können uns unseren Tag einteilen, und etwas Bewegung tut mir gut! Sie haben auch ohne solche Pflichten genug zu tun."

Sie ging zur Garage, öffnete das Tor, blieb einen Moment stehen und ließ ihren Blick liebevoll über ihr neues Auto streifen: einen kleinen roten BMW, wie sie ihn sich schon lange gewünscht hatte. Das versöhnte sie für den Moment, allerdings dachte sie mit einem etwas mulmigen Gefühl, dass er jetzt wohl eine Bewährungsprobe bestehen musste: Die Wege am See waren bestimmt nicht geräumt, und auch auf den Nebenstraßen in Rüppurr war man sehr zurückhaltend, was Räumen oder Streuen anbelangte. Sie dachte: ‚Hoffentlich passiert nichts! Das würde mir jetzt gerade noch den Rest geben.‘ Sie stieg ein, startete und fuhr in Richtung Oberwald. Als sie zum See einbog, sah sie bereits die Autos der Kollegen und parkte seitlich dahinter.

Alex war auch gerade eingetroffen und lächelte ihr entgegen.

In gereiztem Ton begrüßte sie ihn: „Ja, dir auch einen super schönen Morgen!"

Alex war überrascht über seine sonst so sortierte Kollegin. „Wie bist du denn heute drauf?"

„Hundebesitzer! Müssen die auch am Sonntag so früh losziehen? Können die nicht warten, bis wir ausgeschlafen und anständig gefrühstückt haben?"

„Was meinst du, wer sich neben mir im Bett auf die andere Seite gedreht und noch ‚Bringst du Brötchen mit?‘ gemurmelt hat?"

„Na, hoffentlich Gabi, oder habe ich womöglich etwas verpasst?"

Mit einem ironisch vorwurfsvollen Unterton erwiderte er: „Du kennst mich doch."

Sie musste grinsen: „Treue Socke!" Vorsichtig gingen sie das kleine abschüssige Stück hinunter, das vom Schnee etwas rutschig war, und schritten dann gezielt auf die Gruppe zu, die um den Baum herumstand. „Guten Morgen allerseits. Gibt es schon erste Erkenntnisse?"

Gerd, der im weißen Overall neben der Leiche hockte, drehte den Kopf und schaute auf. „Wie es aussieht, hat er zunächst mit einem kantigen Gegenstand einen Schlag auf den Kopf bekommen und war bewusstlos. Und hier wurde ihm die Halsschlagader eröffnet, so dass er verblutet ist."

„Wenn das nicht geschehen wäre, könnte man fast von ‚Winterschlaf‘ sprechen", warf Alex ein.

„Alex, das ist jetzt nicht dein Ernst! Der Mann wacht nicht wieder auf!"

„War poetisch gemeint, aber Gabi meint auch, dass Poesie nicht meine Stärke ist."

Ute wandte sich wieder an Gerd. „Bist du sicher, dass das erst hier passiert ist?"

„Wäre es vor dem Transport passiert, wäre seine Kleidung ganz anders mit Blut verschmiert, nicht nur im Oberkörperbereich. Nein, das kann erst hier geschehen sein!"

„Und haben wir Hinweise auf seine Identität?" Sie kannte die Antwort im Voraus: Natürlich nicht!

„Nicht einmal ein Smartphone?"

„Nein, nicht einmal das!"

„Liegt zufällig eine Vermisstenmeldung vor?"

Alle Blicke richteten sich auf Wolfgang, der über den Anruf des Hundebesitzers informiert hatte. Er selbst war überrascht, dass alle verstummt waren und ihn erwartungsvoll anschauten, bis ihm bewusst wurde, dass er versäumt hatte, in der Zentrale nachzufragen, ob es irgendwelche Hinweise gab, die eventuell Aufschlüsse geben könnten. Er versuchte gar nicht erst, sich zu rechtfertigen, da er sich entsprechende Kommentare ersparen wollte und zog stattdessen sein Smartphone aus der Jackentasche und rief in der Zentrale an. In wenigen Sätzen schilderte er die Situation und hörte dann konzentriert zu, nickte kurz, bedankte sich und beendete das Gespräch.

„Ja, gestern Abend hat eine junge Frau angerufen – ihre Beschreibung passt sehr gut auf diese Person hier."

Ute schluckte und fragte dann: „Und wo wohnt sie?"

Wolfgang nannte eine Adresse in der Gartenstadt.

Nach einem Blick auf die Uhr schaute Ute in Richtung Alex: „Sonntag, gerade mal kurz vor neun Uhr. Was meinst du?"

Er dachte an Gabi, die ihn bestimmt nicht vor zehn Uhr zurückerwartete, allerdings musste er noch beim Bäcker vorbeifahren. Er schrak zusammen, als er seinen Namen hörte: „Alex, ich spreche mit dir! Was meinst du: Sollen wir direkt zu dieser Adresse fahren?" Ohne seine Antwort abzuwarten, fuhr Ute fort: „Wenn ich mir vorstelle, dass diese junge Frau vielleicht seit gestern kein Auge zugetan hat… Und selbst wenn sie eingeschlafen ist, wird sie früh wieder aufgewacht sein und sich sorgen. Nein, wir sollten nicht lange nachdenken, sondern hinfahren! Kommst du?"

Resigniert dachte er: ‚Gemütliches Frühstück im Bett. Wäre schön gewesen!' Laut sagte er: „Ich bin zur Stelle."

Ute wandte sich noch einmal an Gerd: „Wann etwa können wir mit einem Ergebnis rechnen? Und wie sieht es mit der Identifizierung der Leiche aus?"

Ohne zu zögern erwiderte er: „Ich hatte heute eh nichts Besonderes vor, ich kann mich gleich an die Arbeit machen. Du kannst mir ja kurz Bescheid geben, wann die Frau vorbeikommen möchte."

Ute nickte: „Super, ich melde mich, vielen Dank! Und wie sieht es mit der Obduktion aus?"

„Dr. Blauthaler wird nicht begeistert sein, sonntags zu arbeiten. Er sagte mal, wenn er pausenlos arbeiten wollte, hätte er ja gleich Unfallchirurg werden können. Ich gebe ihm Bescheid, dass er sich trotzdem aufmacht."

„Das ist auch eine Einstellung! Na ja, okay, bis dann."

Gemeinsam mit Alex nahm sie den kurzen Weg zurück zum Parkplatz. Sie holte ihren Autoschlüssel aus der Jackentasche und fragte Alex mit einem kleinen Lächeln: „Möchtest du mit mir fahren, oder fahren wir hintereinander her?"

„Du glaubst doch nicht im Ernst, dass ich mich in dieses Wägelchen zwänge! Da würde ich mich ja fühlen wie ein Hering in der Dose! Du kannst gerne bei mir einsteigen, ich bring dich nachher wieder hierher zurück."

Er hatte im Revier schon einiges an Witzeleien über seine Körperfülle über sich ergehen lassen müssen, trug es aber mit der ihm eigenen Gelassenheit. Er sagte oft: „So lange es mir noch schmeckt, bin ich in guter Verfassung. Wenn ich mal ein wackeliges Gebiss habe, kann ich immer noch über eine Diät nachdenken."

Nachdem beide eingestiegen waren, startete er den Motor und fuhr los. Anders als am See waren die Straßen tatsächlich geräumt, aber es war kaum jemand unterwegs um diese Uhrzeit.

Alex fragte: „Warum heißt die Gegend eigentlich Gartenstadt?"

„Du wirst es nicht für möglich halten, das hat meine Freundin Steffi neulich auch gefragt, als sie aus München zu Besuch hier war. Wir haben dann gegoogelt, und so ungefähr habe ich es noch vor Augen. Die sogenannte ‚Gartenstadt-Bewegung' geht zurück auf den englischen Sozialreformer Ebenezer Howard in der zweiten Hälfte des 19. Jahrhunderts. Er wollte mit planmäßig angelegten, durchgrünten Siedlungen am Rand von Großstädten der Industrialisierung entgegenwirken und die besseren Wohn- und Lebensbedingungen mit ethischen und kulturellen Zielen verknüpfen."

Sie dachte einen Augenblick nach und fuhr dann fort: „Die Rüppurrer Gartenstadt gehört zu den ältesten Gartenstädten Deutschlands und beherbergt über tausend Wohnungen in Reihen-, Ein- und Zweifamilienhäusern. Die Bewohner sind Genossenschaftsmitglieder, haben Mitbestimmungsrecht und lebenslanges Mietrecht."

„Ich bin platt, du bist ja das wandelnde Lexikon! Wofür brauche ich in Zukunft noch Wikipedia?!"

Inzwischen waren sie an der angegebenen Adresse angekommen, aber da es keine Parkmöglichkeit gab, fuhr Alex die Straße entlang und fand schließlich eine Lücke zwischen den Wagen der Anwohner. Er zog den Schlüssel, atmete tief durch und blickte geradeaus durch die Windschutzscheibe. Auch Ute rührte sich zunächst nicht, gab sich dann aber einen Ruck und sagte seufzend: „Es hilft nichts, lass uns gehen."

Sie stiegen aus und gingen das Stück zum Haus zurück, schauten nach oben zum zweiten Stockwerk und sahen, dass Licht durch die Fenster schien. Kurz nach ihrem Läuten summte der Türöffner, sie traten ein und stiegen die Treppe hinauf. An der Wohnungstür wurden sie von einer Frau erwartet, die sie fragend anschaute.

„Frau Linder?"

„Nein, mein Name ist Habernus, ich bin die Freundin von Marie."

Ute war ein wenig erleichtert, dass die Betroffene nicht alleine war und antwortete: „Wir sind von der Kriminalpolizei, können wir hereinkommen?"

Frau Habernus biss sich auf die Lippen, nickte unmerklich und ging einen Schritt zur Seite, um die beiden Beamten hereinzulassen. Diese blieben im Flur stehen und warteten, bis ihnen die junge Frau vorausging ins Wohnzimmer. Sie zeigte auf zwei Stühle, ging selbst zum Sofa und setzte sich, als ob sie sich nicht länger auf den Beinen halten konnte. Ute zog ihren Anorak aus, hängte ihn auf die Stuhllehne, auch Alex öffnete seine Jacke, behielt sie aber an.

„Marie hat sich nochmal hingelegt. Sie war völlig fertig, weil sie in der Nacht kaum ein Auge zugetan hatte…"

In diesem Moment hörten sie Schritte und wandten sich zur Tür, in der eine Frau im Nachthemd stand und sie mit verquollenen Augen anschaute. Die Kommissare erschraken: Sie ist schwanger! In Utes Kopf überschlugen sich die Gedanken: ‚Das Kind kommt ohne Vater zur Welt. Die junge Frau muss alles alleine bewältigen und hat dann noch den Schock mit dem Tod ihres Mannes zu verkraften.'

Svenja sprang auf, nahm ein Wolltuch, das achtlos auf dem Sofa gelegen hatte, legte es der Freundin um die Schultern und führte sie vorsichtig neben ihren eigenen Sitzplatz und sagte: „Die beiden sind von der Kripo."

„Sie kommen wegen Ralf? Was ist mit ihm?" Marie beugte sich beim Sprechen vor, sie brachte kaum mehr als ein Flüstern zustande, mit der rechten Hand strich sie vorsichtig über ihren Bauch.

Ute stellte sich und ihren Kollegen vor und fragte dann: „Frau Linder, bestimmt haben Sie ein Bild von Ihrem Mann?"

Marie nahm das Smartphone, das auf dem Tisch lag, tippte ein paarmal darauf, wischte ein wenig über die Fläche, hielt inne und tippte schließlich ein Bild an, das sie der Kommissarin hinhielt. Es zeigte die beiden ausgelassen und unbeschwert auf einem Kinderspielplatz. Auch wenn sie den Mann im Oberwald nur kurz gesehen hatte, gab es doch keinen Zweifel, dass es sich um den handelte, der ihr hier vergnügt zulachte.

„Es tut mir sehr leid, aber es besteht der Verdacht, dass Ihr Mann Opfer eines Verbrechens wurde. Genaue Gewissheit haben wir natürlich erst, wenn er identifiziert wurde."

Aus Maries Gesicht war jede Farbe gewichen, die Anspannung des gestrigen Abends und der Nacht wich, und sie brach plötzlich in ein hilfloses Schluchzen aus. Svenja rückte näher zu ihr und nahm sie in den Arm. Als Marie sich schließlich wieder aufrichtete, gab ihr die Freundin ein Taschentuch.

Ute wandte sich an Svenja: „Frau Habernus, wäre es Ihnen eventuell möglich, Frau Linder zur Identifizierung zu begleiten? In ihrem Zustand…"

Svenja verstand sofort, worauf Ute anspielte und erwiderte: „Selbstverständlich. Wann müssen wir denn wo erscheinen?"

Alex, der die ganze Zeit mehr oder weniger unbeteiligt dabeigesessen hatte, holte aus seiner Jackentasche ein Etui, zog ein Kärtchen heraus und reichte es Svenja. „Es wäre gut, wenn Sie vorher an der angegebenen Nummer anrufen, damit Sie auch jemanden antreffen. Sonntags ist nicht den ganzen Tag jemand da." Er zuckte ungelenk mit der Schulter, als ob er sich dafür entschuldigen müsse. Dann versuchte er, so unauffällig wie möglich, auf seine Armbanduhr zu schauen, was seiner Kollegin natürlich nicht entging.

Sie sagte in mütterlichem Ton: „Frau Linder, ich denke, Sie gehen jetzt mal zunächst ins Bad, machen sich zurecht und frühstücken dann. Wenn es Ihnen recht ist, würden wir gerne am frühen Nachmittag nochmal bei Ihnen vorbeikommen, um ein wenig mehr über Ihren Mann und seinen Umgang zu hören. Vielleicht fällt Ihnen bis dahin auch etwas ein, was Ihnen in den letzten Tagen oder Wochen seltsam vorgekommen ist. Es gibt ja manchmal Dinge, denen man zunächst keine Bedeutung zumisst, die dann aber plötzlich doch in eine bestimmte Richtung führen. Wäre vierzehn Uhr für Sie okay?"

Marie schnäuzte in das Taschentuch, wischte über ihre Augen und blickte Ute direkt an: „Ja, so können wir es machen."

Ute stand auf, reichte ihr die Hand und sagte: „Wir finden alleine hinaus, dann also bis heute Nachmittag." Sie nahm ihren Anorak, schlupfte hinein und verließ zusammen mit ihrem Kollegen die Wohnung.

Im Auto fragte Alex mit einem kurzen Seitenblick: „Wegen heute Nachmittag…?"

Sie unterbrach ihn: „Du willst mir jetzt hoffentlich nicht vorschlagen, dass ich das alleine machen soll und du dich den Rest des Tages mit Gabi vergnügst! Nein, nein, das gehen wir zusammen an. Ich brauche dir ja wohl nicht erklären, dass die ersten Eindrücke manchmal die wertvollsten sind. Am besten, du bringst mich jetzt so schnell wie möglich zurück zu meinem Auto, dann haben wir beide noch ein bisschen was vom Tag, bevor wir uns in die Arbeit stürzen." Sie hielt kurz inne und ergänzte dann: „Dass sie schwanger ist, hat mich jetzt doch getroffen, hoffentlich wirkt sich diese ganze Situation nicht auf das Kind aus, es scheint ja nicht mehr allzu lange zu dauern, bis zur Geburt."

Alex schnallte sich an und startete den Motor. „Es trifft immer die Falschen." Er fuhr los und hielt schließlich neben Utes Auto.

„Also dann bis heute Nachmittag! Soll ich bei dir vorbeikommen oder treffen wir uns direkt bei der Wohnung?"

Nach einem kurzen Blick zum Himmel erwiderte Ute: „Es scheint ein schöner Wintertag zu werden. Ich gehe zu Fuß, es ist ja nicht allzu weit von mir aus, aber vielen Dank! Grüße Gabi von mir!" Sie winkte ihm kurz zu, stieg in ihren eigenen Wagen und machte sich auf den Heimweg.

Am frühen Nachmittag raffte sie sich wieder auf – sie hatte sich diesen Sonntag wirklich völlig anders vorgestellt, dazu kam der Gedanke an diese junge schwangere Frau. Der kurze Spaziergang in der Kälte tat ihr gut, und als sie ankam, entdeckte sie auch gleich das Auto ihres Kollegen und klopfte an seine Scheibe. Er stieg aus, und beide mussten sich erneut einen Ruck geben, um an der Haustür zu läuten. Es wurde sofort geöffnet, Svenja führte sie wie vormittags ins Wohnzimmer, wo sie von Marie erwartet wurden. Die beiden waren bereits bei der Identifizierung gewesen, wo der Verdacht zur Gewissheit wurde.

„Es war ein furchtbarer Moment, aber jetzt weiß ich wenigstens, woran ich bin. Diese Unsicherheit und die Hoffnung, dass es doch ganz anders ist, hat mir unglaublich zugesetzt."

Die Freundin fragte, ob sie einen Kaffee wollen und verschwand diskret in der Küche.

Ute lächelte Marie verständnisvoll und ermutigend an, holte ihr Notizbuch aus dem Rucksack und bat sie: „Helfen Sie uns zunächst einmal, Ihren Mann etwas kennenzulernen: Hat er, außer Ihnen, noch Familie hier oder in der Umgebung? Was macht er beruflich? Hat er besondere Hobbies?"

Marie schien sich zu konzentrieren, bevor sie anfing: „Ralf hat eine Zwillingsschwester, die in Köln lebt, aber immer im Advent eine Woche nach Karlsruhe kommt und auf den Weihnachtsmarkt geht. Das ist so eine alte Tradition. Sie arbeitet als Köchin und hat jeweils über die Weihnachtstage Dienst und macht deshalb vorher eine Woche Urlaub. Sie ist übrigens gerade hier und wohnt bei einer Freundin. Außerdem hat er einen Bruder, der ein Jahr jünger ist und in Durlach wohnt, wo er als Dachdecker arbeitet."

Ute notierte von beiden die Namen und Adressen.

„Ralf ist Lehrer, Deutsch und Geschichte."

„Hier in Rüppurr?"

„Nein, in der Innenstadt. Vorletzte Woche hat er seinen Vater in einem Heim untergebracht – er leidet seit einigen Monaten an Demenz und hat sich rapide verschlechtert, so dass er alleine überhaupt nicht mehr zurechtkam. Das hat die Spannung zwischen den Brüdern verschärft, sie haben sich nie besonders gut verstanden. Klaus hat seinen Bruder immer als ‚Besserwisser' bezeichnet."

Ute unterbrach: „Und ist er das, ein Besserwisser?"

Marie zögerte etwas, bevor sie antwortete: „Na ja, es ist nicht immer ganz einfach mit ihm, wenn man nicht seiner Meinung ist. Er kann dann schon in aller Breite erklären, wie er die Sache sieht. Er interessiert sich für alles Mögliche und hat deshalb ein unglubliches Allgemeinwissen. Vielleicht kann man ihn einen ‚sympathischen Besserwisser‘ nennen." Bei dieser Formulierung glitt ein leichtes Lächeln über ihr Gesicht.

Svenja kam mit einem Tablett aus der Küche und stellte zwei Tassen Kaffee und eine Schale mit Lebkuchen auf den Tisch. Das Wohlbefinden von Alex verbesserte sich schlagartig.

Ute nickte Svenja dankend zu und wandte sich wieder an Marie: „Aha, und was meinten Sie, als Sie sagten, dass sich die Spannung verschärft habe?"

„Ich habe vor einiger Zeit mitbekommen, wie Klaus zu ihm sagte: ‚Glaub nur nicht, dass die ganze Kohle an dich geht, wenn der Alte abkratzt, bloß weil du dich angeblich um ihn kümmerst und somit beeinflussen kannst!‘ Ralf hat dann nur gesagt: ‚Ach, steig mir doch auf's Dach!‘ Das sagt er manchmal zu ihm, um eine Diskussion zu beenden und lässt ihn dann stehen. Das kommt natürlich auch nicht so gut an."

Nach einer kurzen Pause fuhr sie fort: „Sie haben noch nach Hobbies gefragt. Mmh, er fährt gerne Fahrrad, schaut Fußballspiele im Fernsehen an, recherchiert alles, was ihm über den Weg läuft, im Internet und liest in jeder freien Minute. Am Wochenende kocht er manchmal."

„Und fällt Ihnen etwas zu gestern ein? War irgendetwas anders als sonst? Hat er gesagt, wo er hingeht?"

„Das hat mich Svenja auch schon gefragt. Da fiel mir Hannes ein. Mit ihm war ich vor ein paar Jahren befreundet, aber ich habe mich von ihm getrennt. Er ist irgendwie auf die schiefe Bahn geraten, Diebstähle und Drogen und so was und war eine ganze Weile im Gefängnis. Vor ein paar Wochen wurde er entlassen und hat dann meine Adresse herausgefunden und hier geläutet. Als er mich gesehen hat, hat er gebrüllt: ‚Wie heißt der Kerl, der dich geschwängert hat? Ich bring ihn um, ihr werdet nicht glücklich als Familie!‘ Dann ist er wieder verschwunden, und diese Szene stand mir gestern vor Augen, als wir auf Ralf gewartet haben. Ich habe überhaupt kein gutes Gefühl, er kann jähzornig sein und dann völlig ausrasten.“

„Hannes, und wie ist sein Nachname? Wissen Sie, wo er wohnt?“

„Fuhrmann. Nein, ich weiß nicht, wo er wohnt, wahrscheinlich bei einem seiner Kumpel. Ich habe ihn aus den Augen verloren und war auch froh darüber. Svenja hatte von Anfang an gesagt, dass er nicht gut ist für mich, sie hatte da ein besseres Gespür. Mir konnte er etwas vormachen, ich bin ihm auf den Leim gegangen und habe zu spät gemerkt, dass er mich nur ausnutzt.“

Ute fragte nach der Adresse der Schule, in der Ralf gearbeitet hatte. „Kennen Sie einen Kollegen oder Kollegin, mit der er vielleicht befreundet war?“

„Ja, er war viel mit Daniel Rüber zusammen. Die beiden haben zusammen studiert, und ein paar Jahre später haben sie sich dann an der gleichen Schule wieder getroffen. Er wohnt ganz in der Nähe.“

Ute machte sich wieder Notizen, nahm noch einen Schluck Kaffee und schaute fragend zu Alex. Er gab durch ein Nicken zu verstehen, dass auch er im Moment keine weiteren Fragen habe, also packte sie ihr Notizbuch wieder in den Rucksack. „Wir wollen Sie jetzt nicht länger belästigen, das alles ist aufregend genug für Sie, Sie brauchen bestimmt noch etwas Ruhe. Vielen Dank für Ihre Offenheit! Sie hören bestimmt wieder von uns. Und wenn Ihnen noch etwas einfällt, was hilfreich sein könnte, melden Sie sich bitte, auch wenn es Ihnen noch so unscheinbar vorkommt." Sie gab Marie eine Visitenkarte, zog ihren Anorak an und streckte ihr die Hand hin zur Verabschiedung. Auch Alex verabschiedete sich, und Svenja brachte sie zur Tür.

„Ich verstehe es nicht, Ralf war ein so netter Kerl, auch wenn er manchmal etwas belehrend war. Bei den Schülern war er sehr beliebt, weil er gar nichts von Hierarchie hielt. Ich hoffe, dass Sie das Ganze aufklären können! Ich werde mich auf jeden Fall in den nächsten Tagen um Marie kümmern. Auf Wiedersehen!"

Ute gab auch ihr ein Visitenkärtchen: „Das gilt auch für Sie: Wenn Ihnen etwas einfällt oder merkwürdig vorkommt, melden Sie sich bitte bei uns. Auf Wiedersehen."

Auf dem Gehsteig schaute Alex Ute intensiv an. Sie zog die Augenbrauen in die Höhe: „Stimmt was nicht?"

„Ich lese auf deiner Stirn: Alex, lass uns ins Büro fahren und dort weiterdenken!"

„Ach, tatsächlich? Das liest du auf meiner Stirn? Na wenn das so ist, sollten wir diesem Hinweis unbedingt folgen!" Mit diesen Worten ging sie auf sein Auto zu und wartete darauf, dass er es öffnete.

Nachdem sich die Kommissare verabschiedet hatten, stand Marie auf, um das Kaffeegeschirr in die Küche zu bringen. Svenja wollte sie zurückhalten: „Das kann ich doch machen."

„Ich muss mich ein bisschen bewegen, das Ganze geht mir dermaßen nah, und ich weiß auch überhaupt nicht, wie es jetzt weitergehen soll. In ein paar Tagen habe ich meinen Termin, und Ralf hatte sich so darauf gefreut, die Geburt mitzuerleben und wollte mich dabei unterstützen. Und dann wächst das Kind ohne Vater auf – wie soll das gehen, und wie soll ich das eines Tages erklären? Warum ausgerechnet Ralf?!" Sie brachte das Tablett in die Küche, stellte mechanisch die Tassen in die Spülmaschine und die Milch in den Kühlschrank und ging dann wieder zurück zu ihrer Freundin.

„Wir müssen seine Geschwister informieren." Ein fragender Blick zu Svenja: „Könntest du das übernehmen? Ich weiß nicht, wie ich das sagen soll, und du kennst die beiden ja auch schon lange."

In Svenja krampfte sich alles zusammen, aber sie konnte Marie verstehen, nickte und nahm das Smartphone, das auf dem Tisch gelegen hatte, nachdem Ute das Foto angeschaut hatte. „Die PIN?"

„2738."

Nachdem das Gerät entsperrt war, suchte sie Brittas Nummer, tippte sie an und wartete. Nach vier Klingeltönen hörte sie eine fröhliche Stimme: „Britta hier! Nachrichten bitte nach dem Piep und leckere Rezepte jederzeit auf meiner Homepage." Darauf war Svenja nicht vorbereitet und stammelte nur: „Hallo, Svenja hier. Könntest du bitte möglichst umgehend Marie anrufen? Vielen Dank."

Klaus hingegen hatte sie bereits nach dem dritten Klingeln am Ohr. „Klaus, es ist etwas Furchtbares passiert: Ralf wurde ermordet."

Die Antwort kam in gereiztem Ton: „Was soll das?! Wollt ihr einen Stresstest mit mir durchführen? Mit so etwas macht man keine Witze!"

Svenja konnte es nicht fassen. Klaus war ihr noch nie besonders sympathisch, aber dieses Verhalten war ja nun doch jenseits von Gut und Böse. „Nach Witzen ist uns wirklich nicht zumute! Marie ist fix und fertig, ein bisschen Mitgefühl wäre durchaus angebracht!"

Nach einem kurzen Zögern hatte sich die Stimmlage geändert. „Entschuldigung, aber ihr müsst verstehen, dass ich gerade mal völlig überfordert bin. Mit so einer Nachricht rechnet ja keiner. Was ist denn genau passiert, und wie geht das jetzt weiter?"

„Ich möchte das nicht am Telefon diskutieren. Marie schlägt vor, dass deine Schwester und du morgen Nachmittag zu ihr kommt, so gegen 15 Uhr. Vielleicht wissen wir dann auch schon ein bisschen mehr von der Polizei. Geht das bei dir?"

„Das kann ich schon irgendwie einrichten. Wenn sie gerade nicht mit mir sprechen will, dann grüße sie bitte von mir."

„Mache ich. Dann also bis morgen. Tschüss."

Vom anderen Ende hörte sie noch ein undeutliches Nuscheln, dann war das Gespräch beendet.

Im Polizeipräsidium herrschte reges Treiben: Es gab verschiedene Festnahmen nach kleineren Betrugsdelikten, sowie stark alkoholisierte Personen nach dem Genuss von zu viel Glühwein auf dem Weihnachtsmarkt und einige Fälle von vorweihnachtlicher Familienproblematik.

Im Büro setzten sich die beiden Kommissare an ihre Schreibtische. Ute holte ihr Notizbuch aus dem Rucksack, während Alex ein paar Stapel Papier zur Seite schob, um etwas Platz zu schaffen, seinen PC hochfuhr und nach Hannes Fuhrmann suchte. „Hier haben wir diesen Hannes: Diebstahl und Schlägereien. Also ich weiß nicht recht, ob er sich so kurz nach seinem JVA-Aufenthalt zu einem Mord hinreißen lässt, bloß weil die ehemalige Freundin schwanger ist?"

„Ich habe da auch meine Zweifel, aber wir werden ihn auf jeden Fall zur Fahndung ausschreiben, schon allein wegen seiner Drohung. Sonst hat Frau Linder keine Ruhe, denn sie muss ja befürchten, dass er wiederkommt. Wenn es dumm läuft, bietet er sich als Ersatzvater an, und darauf scheint sie nun wirklich überhaupt nicht scharf zu sein."

„Dann die Familie: Könnte eine Zwillingsschwester ihren Bruder überhaupt umbringen? Die haben doch angeblich immer eine so starke Bindung."

Ute blickte auf: „Wie lange bist du schon dabei? Gibt es irgendetwas, das es nicht gibt?! Ein Motiv hat Frau Linder zwar nicht genannt, von daher sehe ich sie auch nicht bei den Verdächtigen, aber letztlich wissen wir im Moment noch so viel wie gar nichts von ihr, außer dass sie Köchin in Köln ist. Interessanter scheint wirklich der jüngere Bruder. Den nehmen wir uns gleich morgen früh nach der Montagsbesprechung vor. Als Dachdecker wird er bei der derzeitigen Wetterlage nicht überbeschäftigt sein. Danach können wir uns immer noch mit der Schwester befassen."

„Und wie sieht es deiner Meinung nach mit der Schule aus?"

„Das klang nicht besonders problematisch: ein engagierter Lehrer, der bei den Schülern beliebt ist. Da wird wohl kein Elternteil mit Drohungen aufwarten, es könnte höchstens Neidgefühle im Kollegium geben, aber das reicht ja wohl nicht zu einem Mord!"

Alex konnte es sich nicht verkneifen, zu kontern: „Hast du nicht gerade selbst gesagt, dass es nichts gibt, was es nicht gibt?!"

Mit einem Schmunzeln erwiderte Ute: „Ich sage ja nicht, dass mich die Schule nicht interessiert, aber sie hat für mich nicht die oberste Priorität. Wir warten ab, wann wir eine günstige Lücke haben und schauen dann dort vorbei. Und mit dem Kollegenfreund werden wir uns auch verabreden."

„Dann haben wir jetzt einen Plan. Hält uns noch etwas hier, oder können wir uns zurückziehen und noch ein bisschen Sonntag machen wie ganz normale Bürger?"

„Ich glaube, das können wir, auch wenn beim normalen Bürger bestimmt andere Gedanken im Kopf herumschwirren als in unserem, zumindest *ich* kann jetzt nicht einfach alles ausblenden. Ich bin auch gespannt, ob die Obduktion etwas ergibt, das in irgendeine Richtung weist, aber das erfahren wir ebenfalls erst morgen. Also machen wir uns auf den Weg. Ich nehme die Straßenbahn, du brauchst keinen Umweg fahren."

„Aber das mache ich doch gerne für dich!" Es schwang so etwas wie gespielte Empörung in den Worten mit.

„Das weiß ich nicht nur, sondern das weiß ich auch zu schätzen, aber Gabi wartet bestimmt schon ungeduldig auf dich." Sie packte ihren Rucksack und stand auf. Gemeinsam verließen sie das Büro.

In der Straßenbahn war deutlich zu spüren, dass es Dezember war: Die Sitzplätze waren fast restlos belegt, dazu kam, dass viele Mitfahrende mit Päckchen und Tüten beladen waren. Ute war darüber zunächst überrascht, sagte sich dann aber, dass die Buden auf dem Weihnachtsmarkt offensichtlich einen guten Umsatz machten.

Als sie zu Hause eintraf, sah sie, dass sich Herr Eberhard mit Leonie und Torben aus der unteren Etage mitten in einer Schneeballschlacht befand. Als er sie wahrnahm, hielt er kurz inne: „Das bedeutet ja hoffentlich nicht, dass Sie schon wieder einen Fall bearbeiten!"

Sie zuckte mit den Schultern und nickte.

„Machen Sie mit, dann kommen Sie zumindest kurzzeitig auf andere Gedanken." Und schon flog ihr ein Schneeball entgegen. Sie duckte sich lachend, stellte ihren Rucksack ab und war sofort mit dabei. Die Kinder jubelten und konnten gar nicht genug bekommen, bis sich das Fenster öffnete und ihre Mutter sie hereinrief.

„In den nächsten Tagen können Sie ja mal berichten, was sich zugetragen hat. Heute will ich Sie nicht vom sonntäglichen Tatort abhalten."

Ute zwinkerte ihm zu: „Sie wissen ja, dass ich während der laufenden Ermittlungen eigentlich nicht mit Unbeteiligten reden darf, aber Sie stehen als Pfarrer ja auch unter der Schweigepflicht und gehören für mich inzwischen fast zu unserem Team. Deshalb in aller Kürze: Es wurde ein Lehrer ermordet, und wir stehen wie immer zunächst vor verschiedenen Rätseln! Danke für die Schneeballschlacht, das hat mich tatsächlich abgelenkt, und heute können wir ohnehin nichts weiter tun. Einen schönen Abend!"

Sie waren gemeinsam die Treppe hochgestiegen und Ute verabschiedete sich vor ihrer Wohnung. Drinnen zog sie sich bequemere Sachen an, kochte sich einen Tee und machte es sich im Wohnzimmer mit einem Buch bequem. Kurz vor der Tagesschau richtete sie sich in der Küche ein Käsebrot und ein Schälchen mit Antipasti, schenkte sich ein Glas Rotwein ein und ließ dann den Tag vor dem Fernsehgerät ausklingen.

Montag

Der Blick aus dem Fenster bestätigte, was der Wetterbericht angekündigt hatte: weiterer Neuschnee über Nacht. Einen solchen Winter hatte Ute in Karlsruhe lange nicht erlebt. Nach dem Frühstück zog sie eine Wollmütze auf und Handschuhe an und machte sich auf den Weg.

Vor ihrem Büro wurde sie von Frau Stiegelmaiers schriller Stimme begrüßt: „Guten Morgen! Ich dachte mir, dass Ihnen bei dieser fürchterlichen Kälte bestimmt ein Ingwerwasser guttut."

„Was für eine wunderbare Überraschung! Das ist besser als ein Stück Schokolade aus dem Adventskalender."

In diesem Moment kam auch Alex den Flur entlang. „Wo gibt es ein Stück Schokolade?"

Kopfschüttelnd ging Ute voraus ins Büro, wo sie die dampfende rote Tasse auf ihrem Schreibtisch vorfand. Sie nahm einen Schluck und genoss den leicht scharfen Geschmack. „Machen wir uns auf zur Montagsbesprechung."

Ein Großteil der Kollegen war bereits versammelt, kurz darauf begann die Besprechung. Wie zu erwarten war, gab es über das Wochenende eine Reihe von Taschendiebstählen auf dem Weihnachtsmarkt. „Die Leute sind aber auch zu unvorsichtig, die laden einen förmlich dazu ein, ihnen ihre Geldbörse abzunehmen. Ein paar Personen haben wir darauf hingewiesen, indem wir ihnen ihren eigenen Geldbeutel in die Hand gedrückt haben. Sie waren völlig verblüfft, aber auch sehr dankbar."

Ute fasste kurz den Mord an Ralf Linder zusammen. Sie berichtete, was sie bisher wussten und dass sie Hannes Fuhrmann zur Fahndung ausgeschrieben hatten. Mit einem Blick zu Frau Stiegelmaier fragte sie: „Gibt es schon erste Reaktionen?"

„Nein, aber von Dr. Blauthaler kam gerade eine Mail mit dem Obduktionsbericht herein."

Alex stutzte: „Seit wann schreibt denn Dr. Blauthaler Mails?"

Seine Kollegin lächelte: „Er hat vermutlich entdeckt, wie viel angenehmer es ist, wenn er sich mit niemanden auseinandersetzen muss wie am Telefon!" Es war allgemein bekannt, dass der Pathologe kein Freund vieler Worte war, und Frauen gegenüber war er noch einsilbiger.

Thomas und Martin aus der EDV-Abteilung meldeten sich für die nächsten beiden Tage ab: „Wir sind zu einer Fortbildung in Stuttgart beim LKA zum Thema ‚Cybercrime' in der Abteilung ‚Cybercrime und Digitale Spuren'. Die sind dort ziemlich gut und dieser Bereich wird uns in Zukunft bestimmt noch viel mehr beschäftigen, als wir uns das jetzt vorstellen können. Das eine ist die intelligente Technik, die uns unterstützen kann – sie haben zum Beispiel eine Gesichtserkennungssoftware, mit der man allein über die Augenpartie Menschen identifizieren kann! Das andere sind die Spuren, die jeder hinterlässt, wenn er Geräte benutzt, die über eine Software gesteuert werden. Da gibst du deiner Alexa einen Befehl und machst dir keine Gedanken, wie leicht man das später zurückverfolgen kann."

„Ich habe keine Alexa, meine Befehle gehen immer ganz direkt an mich selbst."

Mit einem Zwinkern erwiderte Thomas: „Da geht es dann eher um die analogen Spuren. Wer dich kennt, kann aber auch die relativ leicht nachverfolgen. Falls uns jemand in den beiden Tagen dringend brauchen sollte, sind wir natürlich erreichbar."

Wieder im Büro überflogen Ute und Alex den Bericht von Dr. Blauthaler, der sich, wie erwartet, äußerst kurzfasste. Er bestätigte, was bereits Gerd von der Spurensicherung gesagt hatte: Ralf hatte mit einem schweren kantigen Gegenstand einen Schlag auf den Hinterkopf bekommen, die Todesursache war dann das Verbluten nach Eröffnung der Halsschlagader. Außerdem hatte Dr. Blauthaler ganz leichte Spuren von Holz entdeckt.

Die beiden Kommissare schauten sich an: Der Dachdecker!

Alex schwang sich so elegant wie möglich aus seinem Schreibtischstuhl: „Was hält uns noch? Du hast ja die Adresse parat in deinem berühmten schwarzen Notizbuch."

Eine Antwort war überflüssig. Die beiden nahmen ihre Jacken, im Auto diktierte Ute die Adresse für das Navi, und schon waren sie auf dem Weg nach Durlach. „Gerade wird mir bewusst, dass wir mit dieser Eingabe digitale Spuren hinterlassen!"

„Schnell lernfähig!"

Natürlich war es schwierig, einen Parkplatz zu finden. Direkt vor dem Haus waren zwei Halteverbotsschilder aufgebaut mit dem Hinweis auf einen Umzug am Mittwoch. Zwischen den beiden Schildern waren ein Opel und ein Firmenwagen der Dachdeckerei Linder geparkt. Alex wunderte sich: „Wer zieht denn im Dezember um? Bei einer so unsicheren Wetterlage?"

„Na, vielleicht jemand, der Weihnachten im neuen Heim verbringen möchte und vorher wenigstens die ein oder andere Schachtel ausräumen will?"

Sie klingelten bei Linder, bereits kurz darauf wurde geöffnet, und ein Mann schaute sie fragend an. Er war groß und kräftig gebaut, hatte volles rötliches Haar, trug eine abgewetzte Cordhose und ein kariertes Baumwollhemd. Seine letzte Rasur lag bereits einige Tage zurück.

Ute stellte sich und ihren Kollegen vor und sprach ihm ihr Beileid aus.

„Die Polizei kommt nicht, um mir das Beileid auszusprechen, und schon gar nicht zu zweit! Bin ich verdächtig, oder was soll das?"

„Vielleicht dürfen wir zunächst mal eintreten?"

Er ging einen Schritt zur Seite und deutete den Flur entlang. Das Wohnzimmer war schlicht und zweckmäßig eingerichtet, Dekorationen oder Bilder suchte man vergebens. Klaus Linder deutete auf die beiden Sessel, er nahm auf dem schon etwas zerschlissenen Sofa Platz.

„Vielleicht können Sie ja zur Aufklärung des Verbrechens beitragen, aber wenn Sie schon so direkt gefragt haben, kann ich zurückfragen: Wo waren Sie gestern zwischen 18 und 21 Uhr?"

„Hier!"

„Und was haben Sie hier gemacht? Gibt es einen Zeugen?"

„Ich saß vor der Glotze: Eurosport. Nein, keine Zeugen."

Alex unterbrach: „Sind Sie sicher, dass Sie Ihr Auto nicht benutzt haben? Das können wir nämlich ganz leicht überprüfen."

Ute ließ sich nicht anmerken, dass sie dachte, er blufft, war sich aber auch nicht sicher, ob das schon wieder mit den digitalen Spuren zusammenhing.

„Nur zu, da bin ich gespannt!"

„Wer zieht am Mittwoch um?"

„Was soll das jetzt?"

„Beantworten Sie doch einfach meine Frage!"

„Frau Keller von nebenan."

„Gut, dann statten wir ihr jetzt einen Besuch ab. Sie können hier warten, wir kommen gleich wieder."

Draußen fragte Ute gespannt: „Was hast du vor?"

„Wenn man diese Halteverbotsschilder beim Tiefbauamt abholt, bekommt man ein Schreiben mit, auf dem man die Reifenventile der geparkten Autos eintragen muss. Wenn jemand am Tag des Umzugs sein Auto nicht weggefahren hat und später behauptet, er sei im Urlaub gewesen, lässt sich leicht anhand der Ventile nachweisen, ob das Auto nicht doch in der Zwischenzeit bewegt worden ist, denn dass sie genau gleich stehen wie zuvor, ist mehr als unwahrscheinlich. Also wenn er gestern mit seinem Auto weggefahren ist, werden wir das sofort sehen."

„Aber du weißt ja gar nicht, wann die Schilder aufgestellt wurden, vielleicht war es ja hinterher."

Alex zwinkerte ihr zu: „Doch, das weiß ich: am Freitag! Die Schilder müssen immer vier Werktage vor dem Einsatz stehen."

Sie klingelten bei „Keller" und hörten dann aus der Gegensprechanlage ein: „Ja, bitte?"

„Guten Tag, wir kommen von der Polizei und hätten eine kurze Frage, nichts Dramatisches."

Der Öffner surrte, und als sie in den Flur getreten waren, öffnete sich eine Wohnungstür. Eine schlanke junge Frau in Jeans und Sweatshirt in Übergröße schaute sie erwartungsvoll an. Sie strich sich eine Haarsträhne aus der Stirn.

„Frau Keller?"

Sie nickte, ohne sich von der Stelle zu rühren.

„Alex Weingärtner, und das ist meine Kollegin Ute Becker. Wir haben im Rahmen einer Ermittlung nur eine kurze Bitte an Sie. Es hat überhaupt nichts mit Ihnen persönlich zu tun. Sie haben draußen die Halteverbotsschilder aufgestellt, und da haben Sie bestimmt auf dem Formular vom Tiefbauamt die Ventilstände der beiden geparkten Autos eingetragen, oder?"

Wieder nickte sie: „Dass so etwas überprüft wird, hätte ich nie gedacht, höchstens halt am Tag des Umzugs!"

„Nein, wir wollen nicht prüfen, ob Sie das Formular ausgefüllt haben, sondern würden gerne schauen, ob das eine Auto seither bewegt wurde. Könnten Sie uns also bitte das Formular kurz zur Verfügung stellen?"

Ute spürte, dass sich Alex um geduldige Freundlichkeit bemühte, obwohl er gegen einen gewissen Vorbehalt ankämpfen musste.

„Wenn das so ist! Einen Augenblick bitte, ich hole das Papier."

Und schon schloss sich die Tür und Frau Keller verschwand, um kurz darauf wiederzukommen. „Entschuldigen Sie, dass ich Sie nicht hereinlasse, aber man hört immer wieder von irgendwelchen Tricks mit angeblichen Polizisten, da bin ich lieber vorsichtig. Hier ist mein Aufschrieb. Sie bringen ihn mir bestimmt gleich wieder zurück, ich muss ihn ja am Mittwoch zur Hand haben."

„Vielen Dank, natürlich, es dauert nicht lange."

Auf der Straße verglich Alex die Notiz mit dem Ventilstand der Reifen. „Schade, absolut identisch, das heißt, das Auto wurde nicht bewegt, aber damit ist noch lange nicht seine Unschuld bewiesen!"

Sie klingelten wieder, um das Papier zurückzuge-
ben. Auch wenn sie nicht den Eindruck hatte, dass
Frau Keller für Smalltalk aufgeschlossen ist, fragte
Ute doch: „Und warum ziehen Sie so kurz vor Weihnachten um?"

„Ich habe ab Januar eine neue Arbeitsstelle in der
Pfalz und möchte bis dahin schon ein bisschen in der
neuen Umgebung angekommen sein. Zwischen den
Jahren kann ich in Ruhe die Wohnung einräumen."

„Dann wünschen wir Ihnen viel Erfolg mit dem
Umzug und einen guten Neustart! Und entschuldigen
Sie nochmals die Störung!"

Frau Keller war tatsächlich zu einem Lächeln fähig
und verabschiedete sich.

Die Kommissare meldeten sich bei Klaus zurück.
Nachdem sie sich gesetzt hatten, platzte es aus ihm heraus: „Und, habe ich das Auto bewegt?"

Die Anspannung war spürbar, und bevor Alex sich
einen passenden Satz zurechtgelegt hatte, erwiderte
Ute ganz sachlich: „Nein, das haben Sie nicht! Aber
Sie haben außer dem Firmenwagen bestimmt noch ein
privates Auto?"

„Ja, einen Golf, er steht in der Garage und wurde
auch nicht bewegt!"

„Den lassen wir von der Spurensicherung überprüfen."

„Brauchen Sie dafür nicht einen Durchsuchungsbe-
fehl?" In der Frage schwang eine Mischung aus Empörung und Überheblichkeit mit.

„Das lassen Sie mal unsere Sorge sein! Jetzt erzählen Sie uns bitte etwas über Ihren Bruder. Was war er
für ein Mensch, und wie war Ihr Verhältnis zu ihm?"

„Er wusste immer alles besser, schon als wir noch
Kinder waren. Ich hatte nie eine Chance, und im

Zweifelsfall war er zu zweit – Britta hat sich als Zwillingsschwester im Allgemeinen auf seine Seite geschlagen. Ich kam mir immer wie der dumme Kleine vor. Das hat sich durchgezogen bis heute: Er wurde Lehrer, ich Dachdecker. Er hat mal im Spaß gesagt: ‚Wir wollen halt beide hoch hinaus!' Blöder Spruch, aber irgendwann habe ich bemerkt, dass ich durch gute Arbeit auch Anerkennung bekomme. Die Leute sind froh, wenn sie einen guten Handwerker haben."

„Haben Sie sich häufig gesehen? Sie wohnen ja nicht allzu weit auseinander."

„Solange unsere Mutter noch gelebt hat, mussten wir zu Familienfeiern anrücken. Weihnachten war immer schwierig, da war Britta eindeutig im Vorteil mit ihren Feiertagsdiensten. Dabei hätte sie ruhig auch mal für uns kochen können und den ganzen Zirkus miterleben."

Ute hob fragend die Augenbrauen.

„Das können Sie sich doch denken: Ralf hat immer tolle Stories geboten, was hätte ich da bringen sollen? Die waren doch völlig auf ihn fixiert. Und als er dann noch Marie mitgebracht hat, war ich total draußen."

Er machte eine kurze Pause, als ob er Verschiedenes herunterschlucken müsste. „Als Mutter gestorben war, hat es sich geändert: Unser Vater war nicht so der Familienmensch, er lebte dann sehr zurückgezogen für sich und ist inzwischen mit Demenz in einem Heim untergebracht."

„Das hat Ralf organisiert?"

Überrascht schaute Klaus auf. „Sie sind gut informiert! Aber das hätte ich mir denken können: Marie hat schon eine umfangreiche Übersicht geboten. Ja, er hat es organisiert, der ganze Papierkram ist ja auch eher sein Ding."

„Was ändert sich für Sie jetzt, wo er nicht mehr da ist?"

„Ich muss nicht mehr darauf warten, dass er zu allem seinen Senf gibt."

„Also eine gewisse Erleichterung?"

Klaus richtete sich empört auf: „Soll das eine Unterstellung werden? Sie wollen mir immer noch einen Mord in die Schuhe schieben?"

„Das Verhältnis zu Ihrer Schwägerin scheint auch etwas angespannt zu sein."

Nachdenklich kratzte er sich am Kopf. „Was heißt angespannt? Eigentlich mag ich sie ganz gerne, aber meist war halt Ralf mit dabei, wenn wir uns gesehen haben, und da lag dann immer Spannung in der Luft. Sie tut mir leid, für sie muss es ein furchtbarer Schock gewesen sein, und das in ihrem Zustand! Sie hat Britta und mich für heute Nachmittag um drei Uhr zu sich bestellt, damit wir besprechen können, was alles zu tun ist."

„Sie werden bald Onkel eines kleinen Kindes, bedeutet Ihnen das etwas?"

„Sie meinen, ob ich mich jetzt kümmern muss? Darüber habe ich mir noch keine Gedanken gemacht. Es gibt ja viele alleinerziehende Mütter."

Ute wechselte einen kurzen Blick mit Alex, klappte ihr Notizbuch zu und steckte es in den Rucksack. „Vielen Dank, das war es erst mal für den Moment. Wenn Ihnen etwas einfällt, das Licht auf die Sache werfen könnte, melden Sie sich bitte bei uns, das ist ja auch eine gewisse Entlastung für Sie."

Sie reichte ihm ein Visitenkärtchen.

Er schüttelte den Kopf: „Was soll ich Ihnen denn sagen, außer dass ich nichts damit zu tun habe?!"

Auf dem Gehsteig meinte Alex: „Das war nicht besonders ergiebig.“

„Ich weiß nicht: Wenn er sich immer zurückgesetzt und im Schatten fühlte? Vielleicht hat irgendetwas das Fass zum Überlaufen gebracht, und er wollte diese Rolle ein für alle Mal beenden? Er bleibt auf jeden Fall auf der Liste der Verdächtigen!“

„Und jetzt? Zur Schwester oder zur Schule?“

„Wenn sich die Geschwister heute Nachmittag treffen wollen, gehen wir zuerst zur Schwester und nach der Mittagspause zur Schule, dann haben wir keinen Zeitdruck.“

Es dauerte nicht lange, bis sie an der Adresse von Brittas Freundin ankamen. Die junge Frau wies auf die Garderobe im Flur hin und führte sie in die Küche, in der Britta mit mehlbestäubten Händen einen Teig knetete. Die Ärmel des Pullovers waren hochgekrempelt, über ihrer Hose trug sie eine lange Schürze, auf der sich ebenfalls Mehlspuren befanden. Ihre blonden Haare waren zu einem straffen Pferdeschwanz zusammengebunden, mit ihrer etwas üppigen Figur, die wohl dem Beruf geschuldet war, war sie Alex sofort sympathisch.

Als sich die Kommissare vorstellten, schaute sie auf und wischte sich mit dem Unterarm eine Strähne aus dem Gesicht. Sie war blass und hatte leicht dunkle Ringe unter den Augen. „Ich muss mich ablenken, ich kann nicht nur herumsitzen und in die Luft starren. Eine Küche ist für mich der Ort höchster Konzentration und zugleich tiefster Entspannung. Ich hoffe, es stört Sie nicht, wenn ich weitermache?“

„Nein, natürlich nicht. Unser herzliches Beileid! Als Zwillingsschwester muss Sie die Nachricht vom Tod Ihres Bruders besonders hart getroffen haben.“

Die Freundin fragte in die entstehende Pause: „Darf ich Ihnen einen Tee anbieten oder ein Wasser?"

Ute lächelte ihr dankbar zu: „Gerne einen Tee!" Alex lehnte durch ein kurzes Kopfschütteln ab. Beide nahmen am Küchentisch Platz und warteten, bis die Teetasse und ein Schälchen mit Kandiszucker bereitstanden.

Brittas Stimme war belegt: „Ich kann es überhaupt nicht verstehen! Wer macht so etwas und warum?"

„Genau das wollen wir herausfinden. Dazu brauchen wir so viele Informationen über Ihren Bruder und sein Umfeld wie möglich. Erzählen Sie uns ein bisschen aus Ihrer Sicht. Hatten Sie öfter Kontakt miteinander?"

„Wir haben ein- oder zweimal im Monat telefoniert und auch ein paar Mails geschickt."

„Hatten Sie den Eindruck, dass ihn etwas bedrückt oder besonders beschäftigt?"

„Er hat sich natürlich sehr auf das Baby gefreut." Sie biss sich auf die Lippe. „Er wollte Marie mit einer eigens für sie gefertigten Wiege überraschen. Er kannte eine Schreinerin, der er seine Vorstellungen aufgezeichnet hatte." Sie atmete tief ein und aus: „Die muss man ja auch informieren! Nicht dass sie denkt, er hätte kein Interesse mehr, wenn er sich nicht mehr rührt."

Bei dem Wort „Schreinerin" waren beide Kommissare hellhörig geworden, und Ute fragte in möglichst beiläufigem Ton: „Hätten Sie uns ihre Adresse?" Und um zu viel Nachfrage zu vermeiden, ergänzte sie: „Manchmal bekommt man über Bekanntschaften ganz wertvolle Hinweise, die die unmittelbar Betroffenen völlig ausblenden."

Der Teig war fertig, Britta wusch sich die Hände, suchte auf ihrem Smartphone die Adresse, nannte sie und machte sich eine Notiz auf einem kleinen Block, der an der Wand hing. Aus einem der Unterschränke nahm sie eine Kuchenform, fettete sie ein, legte den Boden aus und formte mit dem restlichen Teig vier Rollen, die sie ringsum in der Form anlegte und so einen Rand andrückte. Sie gab die vorbereiteten Äpfel hinein, stellte die Form in den vorgeheizten Backofen und stellte die Backzeit ein.

Nachdem sie sich erneut die Hände gewaschen hatte, legte sie die Schürze ab und streifte die Ärmel ihres Pullis herunter. „So, jetzt geht es mir schon deutlich besser! Lassen Sie uns ins Wohnzimmer gehen, sonst fange ich noch an, das Geschirr zu spülen." Das Lächeln gelang ihr nur bedingt.

Die Kommissare standen auf und folgten ihr. Das Wohnzimmer war geräumig und adventlich geschmückt: auf einem Beistelltischchen ein großer Adventskranz mit dicken violetten Kerzen, auf einem Sideboard ein Strauß mit Figürchen und kleinen Weihnachtskugeln in verschiedenen Farben, eine adventliche Girlande am Fenster und auf dem Esstisch ein Adventskalender, an dem bereits einige Türchen geöffnet waren. Es duftete leicht nach Orangen und Zimt. Sie nahmen in einer Sitzgruppe Platz.

Brittas Blick ging an ihnen vorbei, als sie überlegte, was sie noch sagen sollte, und vor allem wie. Schließlich schaute sie ihr Gegenüber direkt an: „Beschäftigt hat Ralf natürlich auch die Situation mit unserem Vater. Er würde am liebsten schon anfangen, die Dinge im Haus zu ordnen oder es sogar zu räumen, aber das ist ein heikles Thema, da gerät er schnell mit Klaus aneinander. Letztlich müssten wir da ja alle drei helfen, aber vorher müssten wir eine gemeinsame Richtung haben. Klaus befürchtet, dass

Ralf ihn über den Tisch zieht, indem er Sachen verkauft und in die eigene Tasche wirtschaftet, dabei hat Ralf das gar nicht nötig. Er packt halt Situationen gerne an, macht einen Plan und arbeitet ihn dann ab. Mir wäre das ganz recht, denn ich bin ja in Köln weit vom Schuss und habe auch absolutes Vertrauen in Ralf." Ein Seufzer war zu hören. „Da kommt ja jetzt etwas auf mich zu! Wie das gehen soll, ist mir ein Rätsel. Ich kann mich nicht im gleichen Maß darum kümmern, wie Ralf es getan hätte und will es, ehrlich gesagt, auch gar nicht. Andererseits ist Klaus nicht gerade das große Organisationsgenie. Aber wir stehen ja nicht unter Zeitdruck, und jetzt haben wir ein ganz anderes Thema! Heute Nachmittag treffen wir uns bei Marie – dafür auch der Kuchen. Für sie ist das Ganze ja eine noch größere Katastrophe, und das in ihrem Zustand!"

Ute hatte sich ein paar Notizen in ihr schwarzes Buch gemacht und wartete aufmerksam, ob Britta den Faden wieder aufnehmen würde. Da es nicht den Anschein hatte, fragte sie: „Wie lange sind Sie noch in Karlsruhe?"

„Bis Freitag, ab Samstagabend stehe ich wieder im Restaurant hinter dem Herd."

„Falls Ihnen noch etwas einfällt oder sich heute Nachmittag im Gespräch etwas ergibt, melden Sie sich bitte einfach!" Ute reichte ihr ein Kärtchen und steckte das Buch zurück in den Rucksack. Alle standen auf und gingen zur Tür, wo sie sich verabschiedeten.

Auf dem Weg ins Büro fragte Alex: „Meinst du, dass die Schreinerin eine Bedeutung haben könnte?"

„Du hast doch in dem Moment bestimmt auch gleich an die Holzspuren gedacht, oder? Wir sollten sie auf jeden Fall kurz befragen, und wenn es nur dazu dient, dass wir sie von der Liste streichen können, oder sie steht plötzlich ganz oben auf der Liste. Vor Überraschungen ist man nie sicher. Wir können ja auf dem Rückweg von der Schule bei ihr vorbeischauen."

„Du vergisst aber nicht, dass wir zwischendurch auch an uns selbst denken sollten? Wer nichts isst, hat irgendwann keine Kraft mehr und kann nicht mehr denken!"

Ute schmunzelte: „Da würde dir ein Fastentrainer jetzt aber etwas ganz anderes erklären! Aber ich will es mir ja nicht mit dir verscherzen: Selbstverständlich machen wir zunächst mal eine Mittagspause."

Die Sekretärin Frau Stiegelmaier hielt sie kurz auf: „Hannes Fuhrmann ist aufgetaucht. Ich habe es so eingerichtet, dass er um 15 Uhr hier sein müsste."

„Das wirft unseren Plan wieder ein bisschen über den Haufen, aber letztlich ist es egal, wen wir zuerst von der Liste streichen. Vielen Dank, Frau Stiegelmaier."

Marie öffnete die Wohnungstür. Nachdem Britta den Kuchen auf den Tisch gestellt hatte, nahm sie ihre Schwägerin herzlich in den Arm. „Es tut mir so unendlich leid!"

Beide schwiegen einen Augenblick, bis es erneut klingelte und Klaus eintraf. Er drückte Marie unbeholfen die Hand und klopfte ihr kurz auf die Schulter. Sie nickte, ging in die Küche und holte drei Teller, Kuchengabeln, Messer und Tortenheber und deckte den Tisch im Wohnzimmer, auf dem schon Kaffee und Tassen bereitgestanden hatten. Sie setzten sich, Britta schnitt den Kuchen auf, während Marie Kaffee aus-schenkte.

Mit Blick auf Britta sagte Marie: „Ich dachte, es ist gut, wenn wir uns treffen, solange du noch hier bist, und überlegen, was alles zu tun ist."

Die Angesprochene schaute zu Klaus: „Wer bringt es unserem Vater bei?" Nach einer kleinen Pause fuhr sie fort: „Das bleibt ja wohl an mir hängen. Ich wollte ihn ohnehin morgen oder übermorgen besuchen. Er wird es nicht verstehen und wohl auch gleich wieder vergessen."

„Dann schleim du dich jetzt ruhig bei ihm ein!"

Britta war fassungslos. „Geht's noch?! Du glaubst doch nicht allen Ernstes, dass er in seiner Lage noch das Testament ändern kann. Wenn er überhaupt je-manden von uns bevorzugen wollte, dann hat er das längst getan, aber das kann ich mir beim besten Wil-len nicht vorstellen, dazu hatte er immer einen viel zu großen Gerechtigkeitssinn."

Klaus schaute sie mit kalten Augen an. „Du meinst, Ralf hat sicher rechtzeitig daran gearbeitet. Völlig selbstlos hat er sich bestimmt nicht geküm-mert." Er stocherte in seinem Kuchenstück herum. „Macht doch alle, was ihr wollt!"

Britta atmete ein paar Mal tief durch, um sich wie-der zu beruhigen und wandte sich an Marie: „Ich habe mir überlegt, dass ich die nächsten Tage hier wohnen könnte, wenn es dir recht ist. Dann könnten wir zu-sammen den Schriftkram anpacken, es müssen ja die ganzen offiziellen Stellen informiert, eine Anzeige für die BNN geschrieben, die Beerdigung organisiert wer-den, und auch sonst gibt es bestimmt Einiges, wo du Hilfe gebrauchen kannst."

Die Erleichterung war Marie ins Gesicht geschrieben. „Das wäre super! Um solche Sachen musste ich mich nie kümmern, das hat immer Ralf übernommen."

„Dann hätte auch Svenja ein paar Tage Zeit für ihre eigenen Dinge und könnte dich dann wieder unterstützen, wenn das Baby da ist. Der Termin ist doch schon nächste Woche, oder täusche ich mich da?"

„Ja, nächste Woche, aber seit gestern zieht es manchmal jetzt schon so komisch."

„Es wird uns hoffentlich noch genügend Zeit lassen, um wenigstens das Nötigste zu regeln!"

Um 15.07 Uhr meldete Frau Stiegelmaier, dass Hannes Fuhrmann eingetroffen sei und in den Verhörraum gebracht wurde. Die beiden Kommissare gingen ebenfalls dorthin und setzten sich ihm gegenüber. Er wirkte nicht sonderlich gepflegt mit seinen Bartstoppeln und einer etwas fleckigen Jacke.

Alex fixierte ihn. „Wissen Sie, weshalb Sie hier sind?"

Ein unsicherer Blick ging vom einen zur anderen. „Nein, aber Sie werden es mir vermutlich gleich sagen."

„Wo waren Sie am Samstagabend?"

Die Überraschung wirkte echt: „Es hat ja wohl keinen Sinn, wenn ich leugne, dass ich auf dem Weihnachtsmarkt war."

„Gibt es dafür Zeugen?"

„Ich denke, deshalb haben Sie mich einbestellt, weil irgendeiner Ihrer getarnten Mitarbeiter mich beobachtet hat, oder nicht?"

„Wobei hätte er Sie denn beobachten können?"

Hannes zögerte: „Ich verstehe wirklich nicht, worum es hier eigentlich geht."

„Um Marie Linder!"

Er war wie elektrisiert: „Was ist mit ihr? Ist ihr etwas passiert?"

„Ihr Mann wurde ermordet."

Die Erleichterung dauerte nicht lange und wich einem ungläubigen: „Und Sie denken, dass ich etwas damit zu tun haben könnte?"

Alex lehnte sich vor: „Überzeugen Sie uns vom Gegenteil!"

„Meinen Sie, ich bringe jemanden um, damit ich über den Winter eine warme Bleibe im Knast bekomme, gerade nachdem ich draußen bin?!"

„Es wurde nicht *jemand* umgebracht, sondern der Mann von Marie. Sie hat uns von Ihrem Auftritt erzählt: ‚Wer hat dich geschwängert? Den bring ich um!' Na, erinnern Sie sich?"

„Ah, daher weht der Wind! Tut mir leid, wenn ich Ihnen den Gefallen nicht tun kann. Ich habe mich manchmal nicht so ganz in der Gewalt, aber das war nicht so gemeint."

Alex musste sich zusammenreißen. „Ach nein, wie war es denn gemeint?"

„Es ist mir halt in meiner ersten Überraschung so herausgerutscht, aber ich habe mich seither völlig ferngehalten von Marie, auch wenn es mir sehr schwerfiel."

„Und was war nun mit Samstag?"

„Wie gesagt, ich war auf dem Weihnachtsmarkt."

„Vermutlich müssten wir Sie jetzt einem Kollegen übergeben, der sich mit Taschendiebstählen und ähnlichem befasst, aber man wird Ihnen nichts nachweisen können, deshalb lassen wir Sie laufen. Betrachten

Sie es als vorzeitiges Weihnachtsgeschenk und halten Sie sich weiter von Marie fern!"

Hannes nickte noch beim Verlassen des Raumes vor sich hin.

Zurück im Büro nahm Alex seine Schneekugel mit dem Kölner Dom, schüttelte sie heftig und schaute den kleinen Flöckchen zu, sein Beruhigungsritual. „Ich hätte ihn an die Wand klatschen können!"

„Bei mir hat er auch nicht gerade Sympathiepunkte gesammelt, aber ich glaube, den können wir wirklich von der Liste streichen." Nach einem Blick auf die Uhr fügte sie an: „Ich glaube, die Schule heben wir uns für morgen auf, aber bei der Schreinerin könnten wir noch vorbeischauen."

Alex zwinkerte ihr zu: „Sag es ruhig deutlich, du freust dich, wenn ich dich anschließend nach Hause bringe und du nicht auf den matschigen Gehsteigen unterwegs sein musst."

Ute lächelte zurück: „So weit habe ich zwar nicht gedacht, aber du hast mich schon überredet."

Sie nahmen ihre warmen Sachen, verabschiedeten sich von Frau Stiegelmaier und fuhren los in Richtung Werkstatt von Carola Schmidt, der Schreinerin. Die Hofeinfahrt war großzügig geräumt, der Schnee zu einem Haufen aufgetürmt.

Sie betraten die Werkstatt und sahen eine kräftige Frau mit schwarzen halblangen Haaren, Mitte dreißig, die an einem Holzblock hobelte und aufschaute, als sie die Besucher bemerkte. Sie legte den Hobel auf die Seite, zog die Lederschürze glatt, die sie über ihrer Kleidung trug, und kam auf sie zu. „Guten Tag, was kann ich für Sie tun?"

Ute stellte ihren Kollegen und sich vor und sagte: „Wir kommen wegen Ralf Linder. Haben Sie es schon gehört?"

„Ja, Britta hat mich angerufen – ich bin völlig fertig! Aber warum kommen *Sie* zu mir? Die Polizei hat ja wohl mehr zu tun, als Freunde und Bekannte zu verständigen?"

„Wir wollen ihn etwas näher kennenlernen, vielleicht ergibt sich dann ein klareres Bild für ein Motiv."

Carola führte sie ein Stück tiefer in den Raum. „Setzen Sie sich. Das sind ein paar Musterstühle, die ich gefertigt habe. Ich finde, es macht einen gewaltigen Unterschied, ob man ein Bild von einem Stuhl sieht oder ihn ausprobieren kann!"

Sie nahmen Platz und stellten fest, dass diese Stühle wirklich sehr bequem waren. „Erzählen Sie ein wenig: Wie haben Sie sich kennengelernt? Was hat Sie in der letzten Zeit verbunden?"

„Wir sind zusammen zur Schule gegangen. Er war sehr ehrgeizig und auch besserwisserisch, das hat mir schon als Jugendliche nicht gefallen, obwohl er mir sonst sehr sympathisch war. Nach der Schule haben wir uns für einige Jahre aus den Augen verloren. Ich war schon immer handwerklich sehr geschickt und wollte unbedingt eine Tischlerlehre machen, aber meine Eltern waren absolut dagegen und meinten, damit könne man im Zeitalter von Ikea seinen Lebensunterhalt nicht verdienen. Ich bin weggezogen und habe meinen Willen durchgesetzt, und es hat sich gelohnt!"

Ein Lächeln umspielte ihre Lippen, während sie ihren Blick durch die Werkstatt schweifen ließ. „Als ich meine Ausbildung beendet hatte, zog ich zurück nach Rüppurr. Meine Eltern waren bei einem Unfall ums

Leben gekommen und hatten mir das kleine Haus hinterlassen. Da mein Vater eine Reparaturwerkstatt für Autos hatte, konnte ich meinen Traum wahrmachen: eine eigene kleine Werkstatt! Ich musste einiges umbauen, konnte aber vieles selbst machen, sodass es finanziell erträglich war."

Sie schien einen kurzen Augenblick in die Vergangenheit abzutauchen, gab sich dann aber einen Ruck. „Und wer stand vor der Tür, kaum dass ich wieder hier war? Ralf! Damit hatte ich nicht gerechnet, und schon gar nicht damit, dass er wieder bereit war, mir alle möglichen Ratschläge zu geben. Anfangs dachte ich, ich stehe darüber, aber es hat an mir genagt. Schließlich habe ich diesen Beruf erlernt und weiß, auf was zu achten ist, aber da kommt er daher und meint, er müsse mir sagen, was die Leute wollen und was nicht, wie ich Werbung machen soll, was ich auf keinen Fall tun dürfe. Natürlich hat er es nur gut gemeint, aber es ging mir kolossal auf die Nerven. Ich habe mehrfach versucht, ihm klarzumachen, dass ich auf seinen Rat sehr gerne verzichte, aber das kam nicht bei ihm an. Anfang November hat er eine Wiege bestellt und hatte auch da genaue Vorstellungen. Ich hätte diesen Auftrag gar nicht annehmen sollen, zumal in der Vorweihnachtszeit! Es hat mich in letzter Zeit sehr unter Druck gesetzt, weil ich parallel Dinge für den Weihnachtsmarkt herstellen musste. Ich beliefere dort einen Stand mit modernen Krippenfiguren, die gerade sehr gefragt sind." Sie stand auf und kam gleich darauf zurück mit zwei Holzfiguren, ca. 15 cm groß, und einem kleinen Schaf. „So sehen beispielsweise meine Hirten aus." Man sah ihr an, dass sie stolz auf diese Arbeiten war.

Wenn sie nicht seit Langem eine traditionsreiche Krippe aus der eigenen Kindheit besäße, hätte sich Ute sofort in die Figuren verlieben können, aber so schob sie den Gedanken beiseite und kehrte zum eigentlichen Thema zurück. „Was für ein Mensch war Ralf? Wie haben Sie ihn erlebt, außer dem, was Sie schon berichtet haben?"

„Er war sehr offen und interessiert, kannte sich mit allem aus, deshalb gab er ja auch gerne seinen Rat. Er konnte aber auch sehr kritisch sein, insbesondere, wenn es um Wahrheit und Gerechtigkeit ging."

„Woran machen Sie das fest?"

Sie überlegte nur kurz. „Vor kurzem war ich gerade in einem Kundengespräch, als er kam. Er musste warten und hat dabei ein paar Gesprächsfetzen mitbekommen und hatte den Eindruck, dass der Kunde mich finanziell über's Ohr hauen will. Ralf hat mich dann sehr bestärkt, keinen Zentimeter nachzugeben. Manche Kunden meinen, wenn man erst mal mit einer Arbeit begonnen hat, können sie den Preis drücken, weil man unter Umständen darauf sitzen bleibt. Es kommt zum Glück sehr selten vor, aber dann ist es eine Gratwanderung."

„Wann haben Sie ihn zum letzten Mal gesehen?"

„Am Freitag. Er wollte schauen, wie weit ich mit der Wiege bin, da er den Eindruck hatte, dass sich der Geburtstermin etwas nach vorne schieben könnte."

„Und wie weit waren Sie? Konnten Sie ihn beruhigen?"

„So ganz zufriedenstellen konnte ich ihn nicht, weil mir der Standbetreiber vom Weihnachtsmarkt sehr im Genick sitzt. Gerade am Wochenende war wieder mit einem großen Ansturm an Kunden zu rechnen, und so war es dann auch. Ich versuchte ihm klarzumachen, dass das für mich ein wichtiges Geschäft ist und saisonal begrenzt, aber das kam nicht gut bei ihm an. Ob mir denn eine Wiege für einen alten Bekannten nichts bedeuten würde, und da gäbe es ja auch einen Termin." Sie rang mit der Fassung. „Wir sind in einer angespannten Stimmung auseinander gegangen – und jetzt ist er tot! Das ist so endgültig, ich kann es gar nicht wieder gut machen. Ich habe mir schon solche Vorwürfe gemacht!"

Ute ließ ihr etwas Zeit, bevor sie ihren Rucksack nahm. „Vielen Dank für Ihre Offenheit! Können wir Sie alleine lassen?"

Carola nickte und schnäuzte sich die Nase.

„Wenn Ihnen noch etwas einfällt, was wichtig sein könnte, melden Sie sich bitte bei uns. Alles Gute, auch für Ihre Figuren! Die gefallen mir ausgesprochen gut, aber ich habe schon eine Krippe. Auf Wiedersehen."

Nachdem sie ein paar Meter gefahren waren, sagte Ute: „Da haben wir mal wieder die ganze Bandbreite: Einerseits wirkt sie sympathisch, und man kann sie gut verstehen, andererseits war sie manchmal von Ralf genervt und stand gerade in den letzten Tagen deutlich unter Druck. Da könnte einem schon mal die Hand ausrutschen, in der man gerade einen Hobel hält. Kräftig genug gebaut ist sie ja."

Alex setzte den Blinker und bog in die Seitenstraße ein. „Das hätte ich nicht schöner sagen können! Die lassen wir mal auf der Liste stehen." Nach ein paar Metern warf er einen schnellen Seitenblick zu seiner Kollegin: „Und du hast echt eine Krippe? Baust du die womöglich auch auf?"

„Ob du es glaubst oder nicht: ja! Manchmal nehme ich mir sogar schon Wochen vorher eine Figur heraus, die mich über die ganze Adventszeit begleitet und auf andere Gedanken bringt, zum Beispiel einen Hirten im Schlafzimmer, weil es heißt, dass ‚die Hirten des Nachts ihre Schafe hüteten‘, oder ich stelle einen König in den Küchenschrank zu den Gewürzen – wegen Weihrauch und Myrrhe. Den sehe ich dann, wenn ich koche. Diese Idee habe ich von Herrn Eberhard, dem Pfarrer, der im Stock über mir wohnt.“

Alex schüttelte leicht den Kopf. „Dazu fällt mir jetzt nichts ein! Das erzähle ich nachher Gabi, die ist froh, wenn wir nicht immer nur über Mord und Totschlag sprechen.“

Den Rest des Weges hing jeder seinen eigenen Gedanken nach.

Zu Hause angekommen bedankte sich Ute, stieg aus, schloss die Haustür auf und schaute in den Briefkasten, der allerdings nichts zu bieten hatte.

Im oberen Stockwerk öffnete sich die Wohnungstür, und Herr Eberhard rief ihr zu: „Guten Abend, ich habe Sie kommen hören. Hätten Sie Lust, mir später einen ersten Einblick in den aktuellen Fall zu geben?“

Sie schaute nach oben. „Gerne. Wie immer?“ Sie lächelte, denn sie kannte die Antwort.

„Ja, nach der Tagesschau!“

In ihrer Wohnung zog sie sich etwas Legereres an, bereitete sich ein Abendessen zu und las ihre privaten Mails. Es blieb noch etwas Zeit, um ein wenig Ordnung zu machen, danach widmete sie sich den Nachrichten, nahm ihr Notizbuch, ging nach oben und klingelte an der Tür.

Frau Eberhard öffnete. „Guten Abend, Frau Becker. Mein Mann erwartet Sie schon. Hätten Sie Lust auf einen selbstgemachten Glühwein?“

„Da kann ich nicht widerstehen." Ute ging ins Wohnzimmer und nahm auf dem dunkelblauen Sofa Platz.

Herr Eberhard nickte ihr zu. „Ich bin gespannt!"

Kurz darauf kam seine Frau herein, stellte vor jeden eine große dampfende Tasse Glühwein und einen Teller mit selbstgebackenen Zimtsternen und Vanillekipferln. „Ich lasse euch dann mal alleine mit euren Ermittlungen."

Ute nahm vorsichtig einen Schluck. „Köstlich! Kompliment an Ihre Frau! Tja, mit dem Fall ist es so eine Sache, wir fischen noch im Trüben. Aber von vorn: Im Oberwald wurde ein Toter gefunden, ermordet in der Nacht von Samstag auf Sonntag. Er wurde mit einem kantigen Gegenstand erschlagen, aber der Tod trat erst durch einen Schnitt in die Halsschlagader ein. Er ist verblutet. Der Pathologe hat Spuren von Holz gefunden. Jetzt zur Person: Ralf ist Lehrer, beliebt, Mitte 30, verheiratet, seine Frau erwartet gerade das erste Kind. Er hat eine Zwillingsschwester und einen Bruder, sie ist Köchin und lebt in Köln, ist aber gerade hier bei einer Freundin, der Bruder, er heißt Klaus, ist Dachdecker, da haben wir natürlich gestutzt wegen der Holzspuren."

Herr Eberhard hatte unwillkürlich die Augenbrauen hochgezogen und nahm sich einen Zimtstern und ermunterte auch Ute mit einer Geste, sich zu bedienen. „Ich nehme an, die Brüder hatten nicht das beste Verhältnis, sonst hätten Sie wohl keinen solchen Verdacht?"

„Stimmt, Klaus fühlt sich in verschiedener Hinsicht in der zweiten Reihe. Ralf war ihm mental überlegen und hat wohl auch kein Geheimnis daraus gemacht, außerdem kümmerte er sich intensiv um den dementen Vater, brachte ihn in einem Heim unter, und da hat Klaus Bedenken, dass er ihn manipulierte im Blick auf ein Testament, oder dass er Sachen aus dem Haus an sich nahm. Kurz, er meint, dass ihn Ralf über's Ohr gehauen hat oder es zumindest vorhatte."

Ein Schluck Glühwein und ein Vanillekipferl. „Mmmh, lecker, das zergeht einem ja auf der Zunge! Weiter, es gibt noch jemanden, der mit Holz zu tun hat: eine Schreinerin, eine Bekannte aus der Schulzeit, die sich immer wieder über die Besserwisserei von Ralf ärgerte. Bei ihr bestellte er eine Wiege für das Baby und konnte sich auch da nicht mit klugen Ratschlägen zurückhalten, was ihr wohl ziemlich auf die Nerven ging, zumal sie gerade in einer angespannten Situation ist wegen eines großen Auftrages für den Weihnachtsmarkt."

„Und trauen Sie ihr einen Mord zu?"

„Die Erfahrung lehrt leider, dass man fast jedem einen Mord zutrauen kann, wenn sich die Umstände entsprechend negativ entwickeln. Es gibt noch eine Randfigur, die wir aber von der Liste der Verdächtigen gestrichen haben, aber der Vollständigkeit halber: Marie, das ist die Ehefrau des Ermordeten, hatte vor der Zeit mit Ralf einen Liebhaber, der wegen verschiedener Delikte im Gefängnis saß und neulich freikam. Er hat bei ihr geklingelt, und als er gesehen hat, dass sie hochschwanger ist, hat er gefragt: ‚Wer hat dich geschwängert? Den bring ich um!' Wir hatten ihn bereits zur Befragung da, haben ihn aber wieder laufen lassen. Mord ist wohl eine Nummer zu groß für ihn."

„Gerade haben Sie aber doch gesagt, dass man jedem einen Mord zutrauen kann. Und Eifersucht ist ja ein starkes Motiv."

Ute lächelte. „Ja, aber in dem Fall schien er uns unverdächtig, zumal ihm Marie keine Hoffnung gemacht hat, dass sie auch nur ansatzweise noch an ihm Interesse hat. Also wozu sollte dann der Mord dienen?"

„Wie sieht es in Ralfs beruflichem Umfeld aus?"

„Die Schule steht morgen auf unserem Programm. Da er als Lehrer beliebt war, sehen wir da bisher kein Motiv und haben deshalb erstmal die naheliegenderen Personen befragt, aber wer weiß, ob sich da doch irgendwelche Abgründe auftun?"

„Was hat er denn unterrichtet?"

„Deutsch und Geschichte. Er muss ein unglaubliches Wissen gehabt haben und konnte wohl auf ziemlich allen Gebieten mitmischen."

„Na, da bin ich ja gespannt, was Sie weiter herausfinden! Halten Sie mich auf dem Laufenden."

„Gerne. Mir ist es immer hilfreich, wenn ich die Dinge zusammenfassen muss und jemand quasi von außen draufschaut. Da bekommen manchmal vermeintliche Kleinigkeiten ein ganz neues Gewicht. Vielen Dank für Ihre Zeit und geben Sie Ihrer Frau mein Lob weiter!"

„Nehmen Sie sich ruhig ein paar Plätzchen mit. Meine Frau ist eine so begeisterte Bäckerin, sie freut sich, wenn sie weitere Sorten in Angriff nehmen kann." Schon stand er auf und holte einen Teller.

Ute nahm das Angebot an, obwohl sie davon ausging, dass auch Frau Walther im Erdgeschoss mit Leonie und Torben backen und ihr eine Kostprobe bringen würde. Sie freute sich, dass sie in einem Haus mit einer so guten Hausgemeinschaft wohnte, ein echtes Gegengewicht zu ihren beruflichen Erfahrungen.

Dienstag

Kurz nach fünf Uhr wurde Britta unsanft geweckt. „Britta, ich glaube, es geht los, die Fruchtblase ist geplatzt!"

Dieser Satz hatte mehr Wirkung als ein Wecker. Die Angesprochene saß sofort aufrecht im Bett und versuchte, Ruhe auszustrahlen, wie sie es von hektischen Momenten in der Restaurantküche gewohnt war, allerdings wurde ihr sehr schnell bewusst, dass sie sich hier auf unbekanntem Terrain befand. „Okay, du ziehst dich an, ich bin auch gleich fertig, dann starten wir ins Krankenhaus. Den kleinen Koffer hast du ja schon gepackt." Mit diesen Worten versuchte sie, sich selbst zu organisieren.

Marie brachte ein dankbares Lächeln zustande, bevor sie wieder ihren Bauch hielt und hörbar ein- und ausatmete, wie sie es im Vorbereitungskurs gelernt hatte. Wieder wurde ihr bewusst, wie schmerzhaft sie Ralf vermisste.

Vor dem Haus war um diese Uhrzeit weder geräumt noch gestreut. Die Frontscheibe von Brittas Wagen war dick vereist. „Das darf doch nicht wahr sein! So ein Mist, ich habe vergessen, die Scheibe abzudecken! Das Enteisungsspray liegt natürlich im Wagen, und vermutlich ist auch das Schloss zugefroren bei dieser alten Karre. Marie, sei vorsichtig, nicht dass dir noch etwas passiert!"

Sie überlegte nur kurz und sagte dann: „Es hat keinen Sinn, wir rufen ein Taxi." Schon hatte sie ihr Handy herausgekramt und suchte die entsprechende Nummer. Sie musste nicht lange warten und schilderte dann die Situation. Am anderen Ende erklärte ihr eine Dame freundlich aber bestimmt, dass im Moment Fahrer im Einsatz seien, die „solche Fahrten" nicht mehr machen, da es schon vorgekommen sei, dass das Kind im Innern des Taxis zur Welt kam. Zum einen seien die Fahrer keine Geburtshelfer, zum anderen sei die anschließende Reinigung des Wagens sehr aufwendig. Sie mögen bitte einen Krankenwagen bestellen.

Brittas Puls beschleunigte sich, aber sie spürte, dass hier Widerspruch zwecklos sei und nur unnötige Zeit kostete. Deshalb rief sie bei der Rettungsleitstelle an und bekam die Zusage, dass sich umgehend ein Wagen auf den Weg mache.

Mit besorgtem Blick zu Marie fragte sie: „Geht es noch? Die kommen bestimmt gleich."

Marie nickte, während sie weiter konzentriert atmete und ihren Bauch hielt.

Es dauerte nicht lange, bis der Wagen ankam und eine freundliche Sanitäterin auf Marie zuging, sie bei der Hand nahm und ihr beim Einsteigen half. Britta folgte mit dem Köfferchen. Nach wenigen Minuten hatten sie das Krankenhaus erreicht.

„Ich denke, Sie beide schaffen es alleine zum Kreißsaal. Geradeaus durch und dann in den dritten Stock. Alles Gute!"

Trotz der Wehen huschte ein Lächeln über Maries Gesicht. „Ich kenne mich hier aus. Mein Mann und ich waren schon zur Kreißsaalbesichtigung hier, und er legte auch Wert darauf, dass ich den Weg finde, falls er aus irgendwelchen Gründen nicht dabei sein könnte." Das Lächeln erstarb. Die beiden Frauen bedankten sich für die Fahrt, gingen den Flur entlang und nahmen den Aufzug in den dritten Stock. Die Tür zu den Kreißsälen war geschlossen, um nur Befugten den Zutritt zu gewähren. Sie läuteten, und eine freundliche junge Frau nahm sie in Empfang. Britta war dankbar, dass sie die Verantwortung los war, aber dennoch alles andere als entspannt im Blick auf die nächsten Stunden.

Der Wetterbericht versprach einen sonnigen, kalten Tag. Ute wählte einen dicken Rollkragenpulli, warme Hosen und dicke Socken.

Kurz nach ihr traf auch Alex im Büro ein, der vergnügt vor sich hin summte.

„Was ist mit dir los in aller Frühe? Irgendwelche Lottogewinne?"

„Der Winter ist die beste Jahreszeit, das ist mir heute wieder klar geworden. Weit und breit keine lästigen Pollen in Sicht, alles super! Von mir aus könnte sich der Winter ruhig lange hinziehen, damit hätte ich überhaupt kein Problem."

„Schön für dich! Unsere Ermittlungen ziehen sich hoffentlich nicht unendlich in die Länge. Ich habe Frau Stiegelmaier schon gebeten, einen Termin beim Staatsanwalt zu vereinbaren, und wir machen uns auf den Weg in die Schule. Ich hoffe, dass nicht alle dort in der ersten Stunde schon Unterricht haben."

„Und du glaubst, da kommt jemand, der noch gar nicht dran ist? Da hätte ich aber eine andere Idee, ich würde es mir doch lieber zu Hause gemütlich machen."

„Wir fahren einfach hin und schauen nach. Das hat sich schon oft bewährt."

Die Schule war ein eindrucksvolles Gebäude: An einen historischen Altbau, der vermutlich unter Denkmalschutz stand, war ein moderner Anbau mit Elementen aus Glas und Stahl angefügt, der dem Ganzen Stabilität und doch auch Leichtigkeit verlieh. Zur Eingangstür führten drei Stufen und auch eine lange leicht ansteigende Rampe.

Die Kommissare betraten die Schule und sahen im Eingangsbereich eine kleine Tafel mit dem Hinweis auf das Zimmer des Rektors und des Sekretariats im zweiten Obergeschoss.

Alex war empört: „Das ist unglaublich! Das soll mit Sicherheit Eltern, die sich beschweren wollen, abhalten. Stell dir mal vor, jemand aus meiner Gewichtsklasse kommt hier an und sieht dieses Schild. Der macht doch auf der Stelle kehrt, bevor er sich die ganzen Treppen hochquält!"

Ute warf ihm einen fragenden Blick zu. „Du willst jetzt aber nicht kehrtmachen? Wir kommen ja schließlich nicht, um uns zu beschweren, und deshalb quälen wir uns da hoch, oder du suchst dir hier unten eine Sitzgelegenheit und wartest, bis ich mit neuen Erkenntnissen zurückkomme."

„Keine Sorge, ich komme natürlich mit. Du hast ja schon öfter gesagt, dass mir etwas Sport nicht schaden würde." Im ersten Obergeschoss legte er eine Verschnaufpause ein und blieb auch einen Moment stehen, als sie oben angekommen waren. Danach gingen sie zielstrebig zum Sekretariat, stellten sich vor und fragten, ob sie mit jemandem über Ralf Linder sprechen könnten. Die Sekretärin, eine Frau etwa Mitte 40 mit einer strengen Kurzhaarfrisur und grün umrandeter Brille, warf einen kurzen Blick auf eine große Magnetwand. „Der Einzige, der schon hier ist und keinen Unterricht hat, ist der Rektor: Dr. Herberger."

Alex fühlte sich bestätigt und zwinkerte Ute zu, die allerdings bereits darum bat, dass man sie anmelden möge.

Die Sekretärin stand auf, sie war deutlich größer als es im Sitzen gewirkt hatte, umrundete ihren Schreibtisch, klopfte an die Tür, die gleich daneben war und trat ein. Kurz darauf hielt sie den beiden Kommissaren die Tür auf, bat sie herein und zog sich dezent zurück.

Hinter einem mächtigen Schreibtisch saß Dr. Herberger. Er mochte Ende 50 sein, sein leicht ergrautes Haar war zur Seite gekämmt, er trug ein weißes Hemd, den oberen Knopf offen, darüber einen dunkelblauen Wollblazer. Mit seinen grauen Augen hinter einer randlosen Brille schaute er sie erwartungsvoll an. Er stand auf, ging ihnen mit federndem Schritt entgegen, reichte ihnen die Hand und bat sie, in der Sitzgruppe Platz zu nehmen. „Ich habe gehört, dass Sie wegen Herrn Linder kommen. Es ist tragisch! Wir verlieren mit ihm einen hervorragenden jungen Lehrer, allseits anerkannt und auf seinen Gebieten brillant."

„Gibt es vielleicht jemanden, dem das nicht gefallen hat?"

Erstaunt blickte er auf. „Sie meinen doch nicht etwa, dass jemand aus unserer Schule mit dem Mord etwas zu tun haben könnte? Allein bei dem Wort Mord zieht sich einem alles zusammen. Nein, beim besten Willen kann ich mir so etwas nicht vorstellen."

Ute sprach unbeirrt weiter: „Ich denke nicht nur an das Kollegium. Es könnte ja auch ein Elternteil involviert sein, vielleicht jemand, der mit seinen Methoden nicht einverstanden war, oder dessen Kind sich benachteiligt fühlte oder etwas in der Art."

Dr. Herberger stützte das Kinn in seiner rechten Hand ab und dachte nach. Er schüttelte den Kopf. „Nein, ganz entschieden nein! Da fällt mir niemand ein, der diesem jungen Mann etwas hätte antun können. Tut mir leid, da sind Sie hier mit Sicherheit an der völlig falschen Adresse."

„Dann wollen wir Sie nicht weiter stören. Sollte Ihnen dennoch etwas einfallen, das uns weiterhelfen könnte, dann melden Sie sich doch bitte. Ich lasse Ihnen meine Karte hier."

Er begleitete sie die wenigen Schritte und verabschiedete sich.

Nachdem sich seine Tür geschlossen hatte, schaute Ute in ihr Notizbuch und fragte dann die Sekretärin: „Wie sieht der Unterrichtsplan von Daniel Rüber heute aus?"

Wenn sie überrascht war über die konkrete Frage, ließ sie es sich nicht anmerken. Wieder der Blick auf die Magnettafel. „Er hat den ganzen Vormittag Unterricht, den Nachmittag für Korrekturen und Vorbereitungen zur Verfügung."

„Vielen Dank und auf Wiedersehen."

Draußen sagte Alex mit ähnlicher Betonung wie die Sekretärin: „Dann werden wir ihn heute Nachmittag wohl von seinen Korrekturen und Vorbereitungen abhalten müssen."

„Du sagst es! Vielleicht können wir den Staatsanwalt dazwischenschieben."

Frau Stiegelmaier war überrascht, dass sie schon so früh wieder zurück waren. „Das war wohl keine heiße Spur! Aber es trifft sich gut, denn Dr. Fischer ist heute Vormittag flexibel, ich könnte Sie gleich bei ihm melden, wenn Ihnen das recht ist."

„Das passt wunderbar, so hatten wir es uns insgeheim gewünscht."

Kurz darauf betraten sie das Vorzimmer des Staatsanwaltes, wo sie von seiner Sekretärin empfangen wurden. Mit ihrem dunkelblauen Hosenanzug und perfekten Make-up unterstrich sie die Eleganz, die hier vorherrschte. Sie klopfte zweimal an der Tür ihres Chefs und nickte den beiden Kommissaren dann einladend zu.

Dr. Fischer erhob sich aus dem Ledersessel und begrüßte sie mit einem warmen Lächeln. Wie meist trug er Brauntöne, die die Farbe seiner Augen hinter der Goldrandbrille betonten. Er bat sie, an dem länglichen Tisch Platz zu nehmen und sich gerne mit Wasser zu bedienen, das auf einem Tablett bereitstand.

Ute fiel auf, dass das große Ölgemälde an der Wand jetzt, im winterlichen Licht, mit seinen kräftigen Farben viel intensiver wirkte als im Sommer.

Sie wandte sich an den Staatsanwalt und fasste die bisherigen Ermittlungen und Erkenntnisse zusammen.

Beim Bericht über die Ventilkontrolle unterbrach sie Dr. Fischer, nickte anerkennend zu Alex und sagte: „Gute Arbeit!"

Ute nahm den Faden wieder auf: „Wir würden gerne den Garagenwagen von Klaus Linder von der Spurensicherung überprüfen lassen, aber er besteht auf einem Durchsuchungsbeschluss."

Dr. Fischer lächelte: „Wenn doch die Leute nicht so viele Krimis anschauen würden! Das ist wie mit der Google-Diagnose, bevor jemand zum Arzt geht. Aber ein Durchsuchungsbeschluss ist ja das kleinste Problem, den kann Frau Gros sofort vorbereiten." Er ging zu seinem Schreibtisch und gab ihr telefonisch den Auftrag durch. „Ich denke, für eine Pressemeldung ist es noch zu früh. Sie halten mich auf dem Laufenden oder vereinbaren gerne einen Termin, wenn es etwas Wesentliches zu besprechen gibt."

In diesem Moment ging auch schon die Tür auf, und die Sekretärin brachte das Schriftstück zur Unterschrift.

Nachdem es der Staatsanwalt unterschrieben und ausgehändigt hatte, standen sie auf, bedankten und verabschiedeten sich.

Draußen meinte Alex: „Das ging ja flott und war mal wieder völlig unkompliziert! Mit diesem Mann kann man zusammenarbeiten."

„Warum habe ich das Gefühl, dass da ein gewisser Stolz für ein Lob mitschwingt?"

Zurück im Präsidium nahm Ute Kontakt zur Spurensicherung auf und bat Gerd, kurz im Büro vorbeizukommen. Als er wenig später eintrat, überreichte sie ihm den Durchsuchungsbeschluss, erklärte, worum es ging und gab ihm die Adresse. Er versprach, umgehend Bescheid zu geben.

Alex räusperte sich. „Nach meinem Gefühl wäre es jetzt Zeit für ein Mittagessen. Ich habe schon mal nachgeschaut, es gibt heute Spätzle mit Gulasch in der Kantine."

„Das klingt nach einer guten Grundlage für den Nachmittagseinsatz. Also geben wir deinem Gefühl nach."

Nach dem Essen überbrückten sie noch etwas Zeit mit dem unvermeidlichen Schreibkram, den keiner liebte, der aber unumgänglich war. Danach machten sie sich auf zur Adresse von Daniel Rüber. Sie schmunzelten, als sie einen großen aufblasbaren Nikolaus an der Regenrinne hängen sahen und läuteten an der Tür.

Ein junger Mann mit schwarzen Locken in Jeans und Norwegerpullover öffnete und schaute sie fragend an.

„Guten Tag, ich bin Ute Becker, das ist mein Kollege Alex Weingärtner, wir sind von der Kriminalpolizei."

„Dann sind Sie bestimmt wegen Ralf hier! Kommen Sie doch bitte herein." Er führte sie in ein geräumiges Zimmer mit Essecke, Schreib- und Couchtisch, legte ein paar Schulhefte beiseite auf einen Stapel und bat sie, Platz zu nehmen. „Kann ich Ihnen einen Kaffee anbieten?"

Ute nickte: „Sehr gerne!"

„Crema, Cappuccino, Latte?"

Ute entschied sich für Cappuccino, während sich Alex auf einen Latte Macchiato freute. Daniel verschwand in der Küche und kam kurz darauf mit zwei Keramikbechern zurück. „Zucker?"

„Danke, nein. Wir sind dabei, uns ein Bild vom Umfeld von Herrn Linder zu machen und haben heute Vormittag schon mit Ihrem Rektor gesprochen. Er kann sich nicht vorstellen, dass es einen Zusammenhang zwischen dem Mord und der Schule geben könnte. Uns würde interessieren, wie Sie die Lage einschätzen, vielleicht wissen Sie Dinge, von denen der Rektor keine Ahnung hat?"

Daniel hatte die Augenbrauen hochgezogen und kratzte sich am Kopf. „Puh, so würde ich das nicht sagen. Nicht dass es unbedingt einen Zusammenhang zum Mord geben muss, aber konfliktfrei ist der Bereich Schule keineswegs, und zwar gerade im Blick auf den Rektor!"

Ute hatte in ihr schwarzes Notizbuch geschaut und hob jetzt überrascht den Kopf. „Er machte einen sehr freundlichen und besorgten Eindruck."

„Das glaube ich Ihnen sofort, aber erschrecken Sie nicht, wenn ich sage, dass er zwei Gesichter hat. Er kann sehr zuvorkommend sein, solange alles nach seinen Vorstellungen läuft und er im richtigen Licht dasteht. Wer seine Meinung teilt, auch wenn es nur vordergründig ist, hat durchaus Vorteile. Wenn ihm allerdings jemand widerspricht, sieht es schon völlig anders aus."

Alex warf ein: „Und Ralf war so jemand, der ihm widersprochen hat?"

„Ralf war ausgesprochen unangenehm für ihn. Er hatte einen ausgeprägten Gerechtigkeitssinn und Umschmeicheln war überhaupt nicht seine Sache. Im Kollegium gibt es zwei Haltungen: Ein paar wenige Kollegen haben einen Versetzungsantrag gestellt und sogar eine Provinzschule in Kauf genommen, aber die meisten sind an der eigenen Karriere interessiert, und da nimmt man einiges in Kauf. Ralf hat manchmal gesagt: ‚Unser Rektor ist umgeben von Schleimbeuteln.' Er ist bewusst an der Schule geblieben, weil er ihm die Stirn bieten wollte. Seine Haltung war bekannt, und insgeheim haben ihn viele von uns bewundert. Er war so etwas wie der Robin Hood für sie."

„Und auf welcher Seite stehen Sie, wenn ich fragen darf?"

„Ich habe mich arrangiert. Mir macht mein Job Spaß, und das ist mir wichtiger als diese Animositäten. Ich freue mich, wenn ich die Kinder für den Unterrichtsstoff begeistern kann und auch die Eltern mit meinen Methoden zufrieden sind. Da das auch für Ralf galt, habe ich immer wieder versucht, ihn von seinem Konfrontationskurs abzubringen, aber er sagte nur: ‚Ich will ja auch noch in den Spiegel schauen können!' Aber das hatte seinen Preis."

Die beiden Kommissare hielten sein Zögern aus und drängten ihn nicht, weiterzusprechen.

„Ich kann Ihnen ein Beispiel nennen, das die Lage vielleicht etwas verdeutlicht. Wir haben eine Digital-AG, die hin und wieder auch in Kontakt mit dem Kultusministerium tritt wegen der Ausstattung unserer Schule mit Tablets für die Kinder und ähnlichen Dingen. Ralf wäre mit seiner Fachkenntnis der geeignetste Gesprächspartner gewesen, aber Dr. Herberger erklärte ihm, dass er Schwierigkeiten mit seiner Loyalität habe und deshalb jemand anderen mit dieser Aufgabe betreuen wolle. In diesem Fall ging es ihm tatsächlich nicht um Kompetenz, sondern um vermeintliche Loyalität“

„Und wie ist Ralf damit umgegangen?“

„Zunächst versuchte er zu erklären, dass es dem Ansehen der Schule und damit auch dem des Rektors zugutekäme, wenn jemand den Posten übernimmt, der selbst im Problemfall auf Augenhöhe kommunizieren kann. Das beeindruckte Dr. Herberger nicht im Geringsten, zumindest nicht nach außen. Also hat sich Ralf in diesem Punkt zurückgezogen, denn auf Macht war er nicht aus, ihm ging es um die Sache, nicht darum, wie er dasteht.“

„Gibt es aktuell ein Thema, das zu einer Eskalation geführt haben könnte?“

„Mir ist nichts bewusst, aber ich hatte den Eindruck, dass Ralf an irgendeiner Sache dran ist. Ich kann mich natürlich täuschen, gesprochen hat er jedenfalls nicht darüber, es ist mehr so ein Gefühl.“

Alex dachte insgeheim: „Oh, das kommt gar nicht gut an bei Ute – ein *Gefühl*!“

Seine Kollegin klappte bereits ihr Notizbuch zu. „Vielen Dank für Ihre Zeit! Sollte Ihnen doch noch irgendetwas einfallen, dann melden Sie sich bitte bei uns.“

Daniel fuhr mit einer Hand durch seine Locken. „Ja, das mache ich gerne. Das Ganze ist so unglaublich! Letzte Woche haben wir noch über die Weihnachtsfeier gesprochen und auch über das Baby, und jetzt ist er einfach nicht mehr da."

Er brachte sie zur Tür und wünschte ihnen viel Erfolg bei den Ermittlungen.

Im Auto sagte Ute: „Stichwort Weihnachtsfeier: Wer nimmt das eigentlich dieses Jahr in die Hand? Gibt es da schon Gedanken? Wobei ‚schon' das falsche Wort ist, wir sind ja elend spät dran, das haben wir irgendwie ganz aus dem Auge verloren."

„Keine Ahnung, aber ich würde die EDV-ler vorschlagen, vielleicht gäbe es dann mal ein paar virtuelle Ideen?!"

„Die werden sich vor Begeisterung überschlagen, aber die Idee ist gut. Zurück zum eigentlichen Thema – was denkst du?"

Er konnte es sich nicht verkneifen: „Du willst wissen, was für ein *Gefühl* ich habe?"

„Mach keinen Quatsch, ich meine es ernst."

„Weiß ich doch! Ich glaube, dass wir uns in diesem Rektor gewaltig getäuscht haben. So sauber, wie er es dargestellt hat, steht die Schule doch nicht da."

„Es würde mich interessieren, was Daniel meinte, als er davon sprach, dass Ralf an einer Sache dran ist. Vielleicht kämen wir einen Schritt weiter, wenn wir sein Notebook hätten, denn vermutlich hat er sich Notizen gemacht, wenn er wirklich einen Plan verfolgte. Fahr doch einfach direkt bei Marie vorbei!"

Alex fädelte sich in den Verkehr ein und fuhr zu Maries Wohnung. Beide stiegen aus und läuteten. Nachdem sie ein zweites und drittes Mal geläutet hatten und sich nichts rührte, holte Ute ihr Notizbuch aus dem Rucksack, suchte die Telefonnummer von Marie und rief an. Es dauerte eine Weile, bis sie sich meldete. Ihre Stimme klang erschöpft.

„Hier ist Ute Becker, ich hoffe, ich störe Sie nicht? Wir stehen gerade vor Ihrer Wohnung, weil wir Sie um das Notebook von Ralf bitten wollten."

„Ich bin im Krankenhaus, das Kind wollte nicht länger warten."

Ute wurde etwas unsicher. „Dann hoffe ich, dass alles gut gegangen ist?"

„Ja, es hat zwar lange gedauert, aber jetzt ist er da. Er heißt Max und sieht seinem Vater sehr ähnlich." Es klang ein gewisser Stolz mit.

Ute wechselte einen Blick mit ihrem Kollegen, zuckte die Schultern und überlegte, wie sie ihr Anliegen weiterverfolgen könnte. „Herzlichen Glückwunsch! Dann werden Sie ja wohl ein paar Tage in der Klinik bleiben. Hat denn jemand einen Schlüssel zu Ihrer Wohnung und könnte uns das Notebook zukommen lassen und auch sein Smartphone?"

Marie zögerte kurz. „Sein Smartphone hatte er immer bei sich. Als ich bei der Identifizierung war, hat man mir nur seinen Schlüssel gegeben. Das heißt, dass er es entweder nicht dabeihatte, was ich mir überhaupt nicht vorstellen kann, oder dass man es ihm abgenommen hat. Jetzt, wo Sie danach fragen, fällt mir auch wieder ein, dass ich ihn am Samstag nicht erreichen konnte, als ich mir Sorgen um ihn gemacht hatte." Sie hatte die Szene wieder so lebhaft vor Augen, dass sie einen Augenblick innehalten musste, bevor sie weitersprechen konnte. „Zurück zu Ihrer Frage: Britta hat einen Schlüssel. Sie hat angeboten, mich zu unterstützen, solange sie noch hier in Karlsruhe ist. Dass jetzt alles so schnell gegangen ist, damit haben wir nicht gerechnet, obwohl ich schon so ein komisches Ziehen hatte."

Alex, der mithörte, wurde unruhig und befürchtete, dass sie gleich noch den ganzen Geburtsverlauf schildern würde, statt zum Punkt zu kommen. Er machte seiner Kollegin ein Zeichen, dass sie das Gespräch beenden solle.

Ute wünschte Marie alles Gute und sagte, dass sie mit Britta Kontakt aufnehmen würden. Sie fragte, ob Marie die Telefonnummer zufällig griffbereit habe. Es war, wie sie befürchtet hatte: Die junge Mutter war in der aktuellen Lage mit dieser Frage völlig überfordert und verwies an Ralfs Bruder.

Auf dem Weg zum Auto meinte Ute: „Ich hätte mir gleich Brittas Daten geben lassen sollen, aber ich dachte eigentlich eher, dass sie sich bei *uns* meldet, wenn es noch etwas Neues gibt, als dass wir ausgerechnet sie nochmal benötigen würden. Na ja, dann rufen wir halt bei Klaus an und hören uns an, wie sich die Spusi benommen hat."

Sie stiegen ein, und Alex fragte: „Bleiben wir hier stehen? Vielleicht kommt Britta ja gleich vorbei."

„Einen Versuch ist es wert." Sie wählte die Nummer von Klaus und bat ihn um die Telefonnummer seiner Schwester.

Er fragte erst gar nicht, wozu sie diese Nummer brauche, sondern gab sie durch. „Vielen Dank auch, dass Sie mir die Spurensicherung auf den Hals gehetzt haben! Haben Sie eigentlich eine Vorstellung, was für einen Eindruck das macht, wenn hier dauernd jemand von der Polizei aufkreuzt? Das ist geschäftsschädigend! Aber das interessiert Sie bestimmt nicht im Geringsten."

„Jetzt kommen Sie mal wieder runter! Ihre Kunden liegen ja wohl nicht vor Ihrem Haus auf der Lauer und beobachten, wer ein- und ausgeht. Vielen Dank für die Nummer und Glückwunsch zum kleinen Neffen!"

„Was für ein Neffe?"

„Ach, Sie wissen es noch gar nicht? Marie hat einen Sohn zur Welt gebracht, er heißt Max. Und jetzt will ich nicht länger stören, auf Wiederhören."

„Hast du bemerkt, dass sich das reimt? Länger stören – auf Wiederhören?"

„Nein, das habe ich nicht bemerkt, es ist auch kein besonders aufregender Reim. Aber aufregen könnte ich mich über diesen Klaus, ich bin gespannt, was die Überprüfung des Wagens ergibt!" Ute wählte die Telefonnummer von Ralfs Schwester und hatte Britta auch sofort am Ohr. Sie erklärte ihr, dass sie sehr dankbar wären, wenn sie ihnen mit Maries Wohnungsschlüssel helfen könnte.

„Kann ich machen, aber es dauert eine Weile, da ich gerade in der Innenstadt bin. Mit der nächsten Straßenbahn mache ich mich auf den Weg. Vielleicht schaffe ich es in etwa 20 Minuten, den Schlüssel habe ich dabei, weil ich für den Rest der Woche zu Marie gezogen bin."

„Gut, vielen Dank!" Ute schaute zuerst auf ihre Armbanduhr, dann zu Alex. „Zum Präsidium zu fahren, lohnt sich nicht. Wir könnten das tolle Winterwetter nutzen und ohne schlechtes Gewissen einen Spaziergang machen."

„Einen Spaziergang? Du machst Witze! Du kannst von mir aus loslaufen, ich lade mir inzwischen etwas auf YouTube runter und halte hier die Stellung. Wie würde das denn aussehen, wenn Britta früher käme und keiner wäre hier?"

Die Kollegin schmunzelte. „Du bist so umsichtig. Also gut, ich drehe eine Runde um den Block. Bis gleich." Sie holte aus ihrem Rucksack Handschuhe und ein Stirnband heraus, stieg aus und lief los. Über eine kleine Seitenstraße kam sie auf einen Feldweg, der Schnee knirschte unter ihren Füßen. Da sie die Sonne im Rücken hatte, lief ihr Schatten vor ihr her. Sie atmete die frische Winterluft tief ein und versuchte, das Gehörte wenigstens einen Moment lang auszublenden. Sie war rechtzeitig beim Auto zurück, der Kollege saß hinter dem Steuer, vertieft in sein Smartphone. Sie klopfte kurz an die Scheibe und hielt mit geschlossenen Augen ihr Gesicht in Richtung Sonne.

Alex beendete sein Spiel und ließ die Scheibe herunter. „Alles gut? Bestzeit gelaufen?"

Sie schützte die Augen mit der rechten Hand gegen die Sonne. „Danke der Nachfrage! Ohne dich und deine Kommentare wäre die Arbeit öde und schwer."

„Ich gebe mein Bestes, um dich bei Laune zu halten."

In diesem Moment sahen sie Britta auf sich zukommen. Alex ließ die Scheibe wieder hoch und stieg aus.

„Schneller ging es leider nicht. In der Stadt ist unglaublich viel los."

„Kein Problem. Wir haben Sie hoffentlich nicht von irgendetwas abgehalten?"

„Nein, ich wollte nur ein paar Sachen besorgen. Dass die Geburt so plötzlich kommt, hat mich doch etwas überrumpelt. Damit hatte ich nicht gerechnet, und dann der ganze Vormittag im Kreißsaal! Ich weiß nicht, wie die Hebammen das aushalten."

„Na vermutlich wie Sie, wenn Sie den ganzen Abend in der Küche stehen! Also, unser Anliegen:

Wir wollen den Laptop von Ralf mitnehmen, weil sich da eventuell Beweismaterial finden könnte."

Britta hatte die Wohnungstür aufgeschlossen und bat die beiden herein. Sie schaute Ute mit großen Augen an. „Wissen Sie, was mir immer wieder durch den Kopf geht? Wenn Sie tatsächlich Klaus verdächtigen, und er es wegen des Erbes getan hat, dann bin ich doch die nächste, zumal ich noch nicht einmal Familie habe. Ob Sie es glauben oder nicht, ich habe Angst. Von daher war es ganz gut für mich, dass ich den ganzen Morgen im Krankenhaus sein konnte. Die Schreie der Frauen waren zwar nichts für meine Nerven, aber ich fühlte mich irgendwie geborgen. Ich werde nachher auch wieder zu meiner Freundin ziehen bis Marie entlassen wird, auch wenn das vielleicht schon morgen ist. Die wollten sich auf Station noch nicht festlegen. Alleine bleibe ich jedenfalls nicht hier über Nacht."

Die Kommissare waren erstaunt, denn Britta hatte bisher auf sie einen sehr stabilen Eindruck gemacht. „Würden Sie es ihm denn zutrauen? Wie ist denn das Verhältnis zwischen Ihnen beiden? Auch so angespannt wie zu Ralf?"

Britta zögerte kurz. „Eigentlich nicht, aber wir haben ja auch so gut wie nichts miteinander zu tun. Wenn ich mal hier in Karlsruhe bin, zieht es mich nicht unbedingt zu ihm, und bei den früheren Weihnachtsfeiern war ich nicht dabei, weil das immer wichtige Tage für das Restaurant sind. Sie glauben ja nicht, wie viele Leute gar nicht die Familienidylle suchen, sondern sich einen schönen Abend in anderem Ambiente machen wollen! Man hockt dann ja noch genügend Tage zu Hause beisammen."

„Nochmal zu meiner Frage: Würden Sie Ihrem Bruder tatsächlich so einen Mord zutrauen, in diesem Fall nur wegen des Geldes? Wenn *Sie* jetzt auch ermordet würden, wäre er doch sofort unser nahezu alleiniger Hauptverdächtiger."

„Das hört sich fast ein bisschen beruhigend an, aber ich werde trotzdem bei meiner Freundin bleiben. Wenn ich alleine hier in der Wohnung wäre, stünde mir ständig Ralf vor Augen, das packe ich gerade nicht."

Ute berührte leicht ihren Arm und sagte: „Das verstehen wir, und wir können Sie ja auch dort erreichen, wenn noch einmal etwas wäre. Ich denke zwar, dass Ihre Sorge unbegründet ist, aber Vorsicht hat noch nie geschadet."

Britta hatte das Arbeitszimmer von Ralf geöffnet. Sie schauten sich im Zimmer um: vor dem Fenster ein Schreibtisch, der sehr geordnet wirkte, davor ein bequemer Bürostuhl, neben dem Schreibtisch ein Tischchen mit zwei Kästen mit Hängeregistern, eine große Regalwand, gefüllt mit Büchern, an der gegenüberliegenden Wand ein selbstgebastelter Kalender, vielleicht von Schülern gestaltet. Es fiel ihnen nichts auf, was irgendwie weiterhelfen könnte. Alex nahm den Laptop und das Ladekabel, das daneben lag, vom Schreibtisch und schaute seine Kollegin an.

Auch sie war bereit. „Also nochmals vielen Dank, dass Sie sich auf den Weg gemacht haben!"

Alex legte Gerät und Kabel auf die Rückbank und stieg wieder ins Auto. Ute hatte sich bereits angeschnallt. „Unsere EDV-ler sind ja heute noch in Stuttgart, das heißt die Überprüfung beginnt erst morgen, oder willst du selbst versuchen, wie weit du kommst?"

Der Motor war angelassen. „Ganz bestimmt nicht, denn ich glaube nicht, dass jemand wie Ralf ein Passwort „1234" oder „ABCD" hat. Da würde ich mir nur den Abend um die Ohren schlagen und wäre hinterher so schlau wie vorher. Da esse ich lieber eine Pizza mit Gabi und trinke ein schönes Bier dazu. Da weiß man, was man hat!"

„Dachte ich mir. Wir bringen das Gerät ins Büro und hören, ob Gerd schon ein Ergebnis der Untersuchung des Wagens hat."

Frau Stiegelmaier hatte ihr Büro schon verlassen und einen Zettel hinterlegt: „Bitte bei der Spurensicherung melden. Einen angenehmen Abend, bis morgen."

Ute rief Gerd an, der ihr mitteilte, was sie bereits erwartet hatte: keine Übereinstimmung. Zu ihrem Kollegen sagte sie: „Wäre ja auch zu schön gewesen um wahr zu sein, aber das heißt ja trotzdem nicht, dass er es nicht gewesen sein kann. Dadurch, dass er auf dem Durchsuchungsbeschluss bestanden hat, hat er Zeit gewonnen und konnte sein Auto gründlich reinigen. Oder der Tote wurde auf ganz andere Weise in den Oberwald transportiert. Auf jeden Fall wissen wir jetzt, dass wir den Fall heute Abend nicht mehr abschließen können."

Alex nahm seine Schneekugel und reichte sie über den Schreibtisch. Ute war überrascht, schüttelte sie dann aber und blickte den Flöckchen nach. „Das beruhigt ja tatsächlich!"

„Sag ich doch!"

Britta brachte ihre Einkäufe zur Wohnung der Freundin und entschloss sich dann, ihren Vater zu besuchen, da sie im Moment nicht alleine sein wollte. Ihre

Freundin hatte sich für heute Nachmittag etwas anderes vorgenommen und wäre erst gegen Abend zurück.

Als Britta ihr Auto auf dem Besucherparkplatz abgestellt hatte, stieg sie nicht gleich aus. Wie sollte sie es ihm sagen? Würde er es verstehen? Und was wäre schlimmer: Wenn er es verstehen würde oder wenn er es nicht verstehen würde?

Sie seufzte, nahm ihre Handtasche vom Beifahrersitz und ging auf das Altenheim zu. An der Pforte begrüßte sie eine ältere Dame und fragte, zu wem sie wolle.

„Zu Herrn Linder, ich bin seine Tochter." Da Britta den Eindruck hatte, dass die Dame Zweifel an dieser Aussage habe, ergänzte sie: „Ich war bisher nicht hier, da ich in Köln lebe."

Die Dame nickte verständnisvoll. „Sie wissen, in welchem Zimmer er wohnt?"

„Danke, ja, mein Bruder hat es mir gesagt." Britta überlegte kurz, ob sie den Fahrstuhl nehmen solle, entschied sich dann aber für die Treppe. Sie gestand sich ein, dass sie Zeit gewinnen wolle. Als sie im dritten Stock angekommen war, blieb sie einen Moment stehen, da sie etwas kurzatmig geworden war. Schließlich betrat sie die Station und ging auf den Pflegestützpunkt zu. Sie war erleichtert, dass sie Schwester Gerda sah, die sie von früheren Besuchen bei einer guten Nachbarin kannte.

„Oh, Frau Linder, schön, dass Sie auch mal wieder vorbeikommen können. Sie wollen bestimmt Ihren Vater besuchen. Ihr Bruder war schon ein paar Tage nicht mehr hier, das ist ungewöhnlich, aber so kurz vor Weihnachten wird er viel in der Schule zu tun haben."

„Ja, ich will zu meinem Vater, und ich habe eine furchtbare Nachricht für ihn: Mein Bruder lebt nicht mehr." Die Stimme versagte ihr.

Schwester Gerda stand erschrocken auf und kam auf Britta zu. „Was ist denn passiert? Er wirkte doch letzte Woche noch ganz gesund. Hatte er einen Unfall?"

„Er wurde ermordet."

Die Schwester traute ihren Ohren nicht. „Ermordet? Ihr Bruder? Hier in unserem friedlichen Rüppurr? Das muss für Sie ja ein fürchterlicher Schock sein!"

Britta kramte in ihrer Manteltasche nach einem Taschentuch. Sie hatte den Eindruck, dass die Last der letzten Tage plötzlich mit aller Wucht über sie hereinbrach.

Schwester Gerda nahm sie sachte am Arm. „Jetzt setzen Sie sich erst mal einen Augenblick hin. So können Sie nicht zu Ihrem Vater. Kann ich Ihnen einen Kaffee oder einen Tee anbieten? Etwas Warmes tut Ihnen bestimmt gut."

„Ein Tee wäre nicht schlecht, vielen Dank."

Die Schwester goss einen Tee auf, reichte Britta die Tasse und setzte sich an ihren Schreibtisch, um der jungen Frau die Möglichkeit zu geben, sich wieder zu fassen.

Nach einer Weile raffte sich Britta auf. „Jetzt geht es wieder, danke! Mal sehen, wie er es aufnimmt."

Sie ging zum Zimmer ihres Vaters, atmete vor der Tür nochmal tief durch, klopfte kurz und trat dann ein. Ihr Vater saß auf einem gemütlichen Lehnstuhl und schaute sie interessiert an. Sie hängte ihren Mantel an einen Garderobehaken, nahm sich einen Stuhl, stellte ihn neben den Lehnstuhl, nahm seine Hand und sagte:

„Hallo, Papa. Erinnerst du dich? Ich bin Britta, deine Tochter.“

Er lächelte unsicher.

„Normalerweise kommt Ralf, um dich zu besuchen, weil ich ja in Köln lebe. Aber jetzt bin ich eine Woche in Karlsruhe. Ich hätte dich in jedem Fall besucht, aber nun bringe ich dir eine furchtbare Nachricht: Ralf hatte einen Unfall, er ist tot.“ Sie konnte es nicht anders ausdrücken.

Wieder lächelte ihr Vater. „Ich war mal im Kölner Dom, aber das ist lange her.“

War es besser, es dabei zu belassen? Britta war sich unsicher und versuchte einen anderen Zugang. Sie holte ihr Smartphone aus der Tasche und zeigte ihm ein Bild von Marie mit dem Neugeborenen. „Du hast einen Enkel, er heißt Max! Marie, die Frau von Ralf, hat heute Vormittag entbunden. Beide sind gesund, sie wird ihn dir persönlich vorstellen, wenn sie wieder etwas kräftiger ist.“

Er schaute sich das Bild intensiv an. „Wer ist die Frau? Kenne ich die?“

„Ja natürlich kennst du sie, das ist Marie, deine Schwiegertochter, die Frau von Ralf.“

Er nickte und lächelte wieder sein undurchsichtiges Lächeln. „Marie, Marie.“

Britta wusste nicht, was sie noch sagen sollte und beschloss, einfach nur still bei ihm zu bleiben. Es war wohl nicht der richtige Moment für die schlimme Botschaft. Ihr Vater streichelte ihre Hand. Sie bemerkte, wie sie langsam selbst ruhiger wurde und schaute ihn dankbar an. Draußen fing es an zu schneien, es lag ein gewisser Friede auf der Szene.

Nachdem sie eine halbe Stunde still neben ihm gesessen hatte, nahm sie ihren Mantel. „Ich gehe jetzt wieder, Papa. Bevor ich abreise, komme ich nochmal kurz vorbei. Mach es gut!" Sie gab ihm einen Kuss auf die Stirn und verließ das Zimmer.

Im Flur begegnete ihr Schwester Gerda, die fragend die Augenbrauen hob.

„Er hat es nicht verstanden. Vielleicht ist es besser so, ich weiß es nicht."

„Es gibt lichte Momente, mag sein, dass die Nachricht dann doch noch bei ihm ankommt. Es ist jedenfalls gut, dass wir Bescheid wissen. Manchmal sind wir so etwas wie ,Übersetzungshelfer', die eine Botschaft mit anderen Worten erklären können, wenn der Zeitpunkt günstig ist. Jetzt ist es erstmal wichtig, dass Sie sich wieder etwas erholen, das ist ja eine ganz schwierige Situation. Wie kommt denn seine Frau damit zurecht, die ist doch hochschwanger?"

Britta holte wieder ihr Smartphone heraus und zeigte ihr das Bild. „Er heißt Max und ist heute auf die Welt gekommen."

„Geburt und Tod liegen oft nah beieinander. Da hat sie wenigstens einen Trost und auch eine gewisse Ablenkung. Der Kleine wird ihre Aufmerksamkeit stark beanspruchen und das ist bestimmt zunächst hilfreich. Richten Sie ihr bitte herzliche Grüße aus! Ich muss jetzt weiter, aber ich habe mich gefreut, dass wir uns kurz gesehen haben, auch wenn die Umstände alles andere als erfreulich sind. Auf Wiedersehen."

„Auf Wiedersehen und nochmals vielen Dank!" Das kurze Gespräch hatte ihr gut getan. Erleichtert ging sie die Treppe wieder hinunter und fuhr zur Wohnung ihrer Freundin.

Zu Hause wurde Ute von einem Schneemann im Garten begrüßt. Leonie und Torben hatten bereits im

Herbst ein paar Walnüsse beiseitegelegt, mit denen sie im Winter einen Schneemann verzieren wollten: Augen und Knöpfe profitierten nun von diesem Vorrat, als Nase diente eine Karotte, auf den Kopf hatten sie eine kleine Pappschachtel als Hut gestülpt.

Der Briefkasten bot wie so oft ein übersichtliches Nichts, für Weihnachtspost war es vielleicht noch etwas zu früh.

Ute nahm die Treppe bis ins oberste Stockwerk und klingelte. Herr Eberhard war überrascht, als er sie vor der Tür stehen sah. „Ich hätte ein kleines Update zu bieten. Haben Sie später ein bisschen Zeit?"

„Wir sind heute Abend bei einem befreundeten Ehepaar eingeladen, aber wenn Sie einfach jetzt gleich berichten wollen?"

Sie betrat die Wohnung, legte ab und folgte ihm ins Wohnzimmer. „Wir haben heute nicht nur mit dem Rektor der Schule gesprochen, sondern auch mit einem befreundeten Kollegen von Ralf, und da haben sich sehr unterschiedliche Felder aufgetan." Sie fasste alles, was sie gehört hatten, zusammen.

Herr Eberhard hatte konzentriert zugehört, ohne sie zu unterbrechen. Er schwieg noch einen Moment. „Sie meinen also, es könnte um Macht gehen? Da fällt mir ein Satz von Abraham Lincoln ein: ‚Willst du den Charakter eines Menschen erkennen, so gib ihm Macht.' Die ganze Geschichte hört sich heikel an, und ich frage Sie jetzt nicht, ob Sie diesem Rektor einen Mord zutrauen, denn Sie sagen ja, dass man grundsätzlich niemanden ausklammern kann. Auf der anderen Seite überlege ich, warum er so etwas tun sollte, denn letztlich sitzt er doch immer am längeren Hebel. Ralf war ihm nachgeordnet, von daher musste er dessen Widerstand nur aushalten und dazu ist er fähig, wenn er ein Machtmensch ist. Da muss schon etwas anderes dahinterstecken. Wenn es zum Beispiel so etwas wie eine Missbrauchsgeschichte gäbe. Nehmen wir mal an, dass Ralf auf so eine Sache gestoßen ist und Beweise zusammengetragen hat, dann sähe es für den Rektor natürlich ganz übel aus. So jemanden zum Schweigen zu bringen, könnte ein starkes Motiv sein."

„Wir haben den Laptop von Ralf sichergestellt und lassen ihn morgen von unserer EDV überprüfen. Ich bin sehr gespannt, ob wir da Hinweise finden, die uns weiterhelfen. Jetzt halte ich Sie aber nicht länger auf, wenn Sie nachher losmüssen. Ich wünsche Ihnen einen schönen Abend! Ich hoffe, dass ich Ihnen den nicht mit dem Gehörten verdorben habe."

„Machen Sie sich keine Sorgen, als Pfarrer habe ich gelernt, Dinge, die man mir erzählt, nicht in den privaten Bereich mitzunehmen. Ihnen auch einen guten Abend, Sie haben das Ausblenden ebenfalls nötig!"

Ute nahm ihre Sachen, ging in ihre Wohnung, wo sie sich zunächst ein kleines Abendessen zubereitete und danach Badewasser einließ. Sie suchte eine entspannende Musik, legte die CD in den Player und genoss dann ein Vollbad.

Mittwoch

Über Nacht hatte es wieder heftig geschneit. Herr Eberhard war gerade fertig mit dem Räumen des Gehsteigs, als Ute aus dem Haus trat.

„Guten Morgen! Was wären wir ohne Sie?! Ich bin so froh, dass ich nicht auch noch morgens Schnee schippen muss!"

„Das macht mir überhaupt nichts aus, ich betrachte es als meinen Frühsport."

„Hatten Sie einen schönen Abend gestern?"

„Ja, den hatten wir, und Sie konnten hoffentlich auch etwas abschalten! Ich wünsche Ihnen einen erfolgreichen Tag und bin gespannt, wie sich alles weiterentwickelt!"

„Das bin ich auch. Auf Wiedersehen!" Ute machte sich auf den Weg zur Straßenbahn, in der sich das gleiche Bild bot wie jeden Morgen: Ein Großteil der Mitfahrer döste noch etwas vor sich hin, die anderen schauten mehr oder weniger konzentriert auf ihr Smartphone, ein Mann faltete seine Zeitung so, dass er sie auf dem Sitz lesen konnte.

Alex traf kurz nach Ute im Büro ein. Beide überprüften zunächst ihr Mailfach auf wichtige Nachrichten und machten sich danach auf zu den beiden EDV-Spezialisten. Sie klopften an der Tür von Thomas und traten unmittelbar ein. Er schaute von seinem Schreibtisch auf und begrüßte sie freudig. Wie meist war die Tür von Martins Büro leicht geöffnet, so dass er hörte, was nebenan vor sich ging, und herüberkam. Ute wunderte sich wieder einmal, wie Leute, die sich überwiegend mit digitalen Themen befassten, so viele Papierstapel auf ihrem Schreibtisch lagerten.

„Hallo ihr beiden. Kaum ist man aus der Landeshauptstadt zurück, schon wird man gebraucht. Ich sehe schon, ihr habt mal wieder einen Laptop dabei, den wir für euch knacken dürfen. Lasst mich raten: Er gehört dem toten Lehrer!"

„So ist es! Aber zunächst die Frage, ob sich eure Erwartungen erfüllt haben?"

„Es war super interessant, und selbst wenn aus Zeitgründen nicht alles bis in die letzte Tiefe vorgestellt werden konnte, haben wir doch jetzt wieder ein paar neue Ansprechpartner mit verschiedenen Kompetenzen."

„Dann hat es sich ja gelohnt! Wir sind auch auf der Suche nach besonderen Kompetenzen und haben eine Überraschung für euch: Wir schlagen vor, dass ihr euch dieses Jahr um unsere Weihnachtsfeier kümmert! Na, ist das eine Idee?"

Die EDV-ler schauten sich verblüfft an, dann strahlte Martin: „Da habe ich spontan einen Gedanken: Wir machen eine Zoom-Weihnacht!"

Jetzt war die Verblüffung auf der Seite der Kommissare. Alex fragte: „Eine Zoom-Weihnacht? Was soll das denn sein?"

„Ganz einfach: Wir treffen uns per Zoom. Jeder sitzt zu Hause am eigenen Bildschirm, kann sich seine Umgebung so weihnachtlich gestalten wie er will – vom Tannenzweig bis Tannenbaum ist alles drin. Es kann auch jeder das essen oder trinken, was er will, oder wir geben vorher fertige Päckchen raus, und dann kann sich der Abend entwickeln. Wenn jemand eine Geschichte hat, kann er sie erzählen, oder einen Weihnachtswitz oder irgend sonst etwas. Er oder sie kann auch Bilder zeigen, was durch das Bildschirmteilen ja völlig unkompliziert ist. Was meint ihr? Das hat gewaltige Vorteile: Wir brauchen keinen Saal zu mieten, jeder fühlt sich wohl, danach ist man schon zu Hause…"

Ute war unsicher: „Das meinst du nicht ernst, oder? Denk doch nur an die ganzen digitalen Spuren, die wir hinterlassen würden! Und wo sollte Frau Stiegelmaier sitzen? Sie hat zu Hause ja keinen PC."

„Sie könnte es sich in ihrem Büro hier gemütlich machen. Das ist doch so etwas wie ein zweites Zuhause für sie."

„Ich glaube es nicht! So eine Idee kann nur einem Digitalhirn entspringen. Ihr denkt einfach mal in Ruhe über alles nach und bringt dann einen vernünftigen Vorschlag, dann sehen wir weiter."

„Also ich hätte diese Idee ganz witzig gefunden, aber okay, wir grübeln und schauen, ob wir eine klassische Idee finden. Was hat es denn jetzt mit eurem Lehrer auf sich? Was suchen wir auf seinem Rechner, oder ist es wie immer, dass wir das erst wissen, wenn wir lange genug gesucht haben?"

„Du triffst es auf den Punkt! Wir gehen davon aus, dass er irgendeiner Sache auf der Spur war, und da wird er sich wohl Notizen gemacht haben. Es kann sich um Missbrauch aber auch um etwas völlig anderes handeln."

„Das bedeutet, dass wir auch seine Bilder durchsuchen. Na ja, dann schauen wir erst mal, was für einen Code er sich ausgedacht hat, dann sehen wir weiter. Wir melden uns."

„Es hat oberste Priorität!"

„Das wissen wir doch, ihr hättet die Ergebnisse am liebsten gestern. Wir geben uns Mühe, ihr kennt uns ja!"

Ute hob die Hand zum Gruß und verließ mit Alex das Büro. Er murmelte vor sich hin: „Zoom-Weihnacht, das ist ähnlich wie Pizza per Skype mit Gabi. So schlecht ist der Gedanke eigentlich gar nicht. Also wir machen es uns dabei immer sehr gemütlich."

Seine Kollegin blieb stehen. „Und du siehst keinen Unterschied zu den Zeiten, in denen ihr beisammen seid und eure Pizza esst?"

„Na ja, das ist natürlich schon intensiver!"

„Dann können wir hoffentlich diese Zoom-Idee zu den Akten legen." Sie waren schon an Frau Stiegelmaiers Büro vorbeigelaufen, da kehrte Ute nochmal zurück. „Frau Stiegelmaier, haben wir zufällig noch ein Stück Ingwer da?"

Die Sekretärin lächelte. „In wenigen Minuten haben Sie eine Tasse heißes Ingwerwasser auf Ihrem Schreibtisch!"

Ute bedankte sich und ging die paar Schritte ins eigene Büro weiter. Sie nahm ihr Notizbuch und blätterte darin. „Ich würde ganz gerne nochmal mit dem Rektor sprechen. Die Sache mit der Digital-AG ist doch ziemlich komisch. Natürlich könnten wir warten, bis unsere EDV erste Erkenntnisse hat, aber das kann dauern. Außerdem sind wir jetzt noch einigermaßen unbelastet, das heißt, es fallen uns vielleicht andere Dinge auf, als wenn wir bereits in eine bestimmte Richtung denken würden."

„Und du bist sicher, dass wir das nicht schon tun?"

„Das Thema Macht steht im Raum, aber wirklich festgelegt bin ich zumindest noch nicht. Wir haben schon oft genug erlebt, dass Dinge plötzlich eine ganz andere Wendung nehmen."

Fast lautlos hatte Frau Stiegelmaier das Zimmer betreten und die rote Tasse vor ihre Chefin gestellt.

Ute lächelte sie dankbar an, blies leicht in die Tasse und nahm einen vorsichtigen Schluck. „Fällt dir gerade etwas Besseres ein?"

„Wenn du so fragst, würde ich mich doch deinem Vorschlag anschließen."

„Okay, wenn meine Tasse leer ist, machen wir uns auf den Weg."

In der Schule gingen sie direkt zum Sekretariat und fragten, ob Dr. Herberger kurz zu sprechen sei. Die Sekretärin erwiderte mit Blick auf ihre Telefonanlage: „Er telefoniert gerade. Nehmen Sie doch bitte draußen einen Augenblick Platz, ich gebe Ihnen sofort Bescheid."

Vor dem Sekretariat standen drei Stühle und ein Tischchen mit einigen Flyern, die auf Aktivitäten der Schule hinwiesen. Ute schaute sich einen an. „Die sind ja ganz schön aktiv hier!"

Schon öffnete sich die Tür, und die Sekretärin bat sie wieder herein und weiter zu Dr. Herberger. Wie gestern kam er ihnen mit federnden Schritten entgegen. „Darf ich das als gutes Zeichen werten, dass Sie wieder kommen? Gibt es bereits Ergebnisse?"

Sie nahmen in der Sitzgruppe Platz und schwiegen einen Augenblick. „Wir würden gerne eine Sache klären, die uns zu Ohren gekommen ist. Wir haben von der Digital-AG gehört und davon, dass Herr Linder sehr geeignet gewesen wäre als Kontaktperson zum Kultusministerium, Sie diesen Posten aber anderweitig besetzt haben."

Der Rektor bedachte sie mit einem wohlwollenden Lächeln. „Wer auch immer Ihnen das gesagt hat, hat es vollkommen falsch interpretiert! Mir war es sehr wichtig, dass Herr Linder mit seiner großen Fachlichkeit in dieser AG mitgewirkt hat, aber ich wollte auch einen jüngeren Kollegen fördern und habe deshalb ihm diese Vermittlungsstelle angeboten. Wissen Sie, die jungen Leute brauchen manchmal einen Anstoß, um zu dem zu werden, was sie dann später sind. Und so eine Chance bietet sich ja nicht alle Tage."

„Wie war denn Ihre persönliche Beziehung zu Herrn Linder?"

„Was heißt persönliche Beziehung? Wir arbeiten hier als großes Kollegium zusammen mit einem gemeinsamen Auftrag, nämlich der Bildung der uns anvertrauten Kinder. Und da habe ich Herrn Linder außerordentlich geschätzt. Er hatte hervorragende pädagogische Fähigkeiten. Ich wiederhole mich, wenn ich sage, dass sein Tod ein großer Verlust für uns ist."

„Dann danken wir Ihnen für den Moment. Wenn sich etwas Neues ergibt, hören Sie wieder von uns."

„Dafür wäre ich Ihnen sehr dankbar. Sie machen eine gute Arbeit! Auf Wiedersehen."

Er öffnete ihnen die Tür und reichte zum Abschied die Hand.

Im Auto sagte Alex: „Es klingt eigentlich ganz vernünftig, was der Mann sagt."

Nachdenklich stimmte Ute zu. „Vielleicht haben wir uns in eine Idee verrannt durch die Schilderung von Daniel Rüber. Auf der anderen Seite sprach er auch von den zwei Gesichtern des Rektors. Vermutlich zeigt er sich uns von seiner Schokoladenseite."

Alex seufzte: „Ein Stück Schokolade könnte ich jetzt vertragen, das täte auch meiner Schokoladenseite gut!"

Zu seiner Überraschung nahm Ute den Gedanken auf: „Dann lass uns doch zum Weihnachtsmarkt fahren. Du kannst dich nach Schokolade umsehen, später können wir an einem der Stände etwas essen und vorher schauen wir uns den Stand an, an den Frau Schmidt ihre Figuren liefert und machen uns ein bisschen schlau über sie."

„Das nenne ich mal einen sehr vernünftigen Plan!" Schon war der Motor gestartet, und sie bewegten sich in Richtung Innenstadt.

Nachdem sie das Auto in der Tiefgarage am Friedrichsplatz abgestellt hatten, begannen sie dort, sich nach dem Stand mit den Holzarbeiten umzusehen. Ute hatte wie jedes Jahr zunächst den Eindruck, dass der Weihnachtsmarkt in erster Linie etwas für Hungrige sei: Stände mit Wurst, Crêpes, Langos, Schupfnudeln, österreichische Spezialitäten und natürlich Glühwein. Aber schließlich fanden sie auch Stände mit Krippenschmuck. Hier stapelten sich Esel und Könige in den ihnen zugeteilten Fächern, es gab Engel in jeder Form und Größe, die Figuren von Frau Schmidt waren nicht dabei. Wohltuend für das Auge empfand die Kommissarin die Stände mit Kerzen, hier herrschte trotz der Vielfarbigkeit eine gewisse Harmonie. Für Kinder gab es eine Kinderbackstube und ein Karussell.

Alex hatte eine Hütte mit Süßigkeiten entdeckt und sich einen kleinen Vorrat zugelegt, man wusste ja nie!

Sie hatten den Friedrichsplatz hinter sich gelassen und fanden nach einiger Zeit auf dem Marktplatz den gesuchten Stand. Da sich um diese Uhrzeit der Ansturm in Grenzen hielt, ließ sich der Verkäufer gerne auf ein Gespräch ein. Ute zeigte Interesse an den Krippenfiguren und fragte, ob er derjenige sei, der sie hergestellt habe.

„Oh nein, ich will ja nicht behaupten, dass ich zwei linke Hände habe, aber so etwas würde mir nicht gelingen! Ich verkaufe sie nur. Carola Schmidt ist die Künstlerin."

„Hat sie ihre Werkstatt hier in der Stadt?"

„Nein, in Rüppurr, warum fragen Sie?"

„Ich würde sie gerne etwas näher kennenlernen. Der Stil dieser Figuren gefällt mir sehr gut, ich hätte da eine Idee für ein spezielles Dekorationsstück. Was haben Sie denn für einen Eindruck von ihr? Kann man sie einfach so in ihrer Werkstatt aufsuchen, oder fühlt sie sich dann gestört?"

„Im Moment würde ich sie, glaube ich, nicht besuchen. Sie steht kolossal unter Druck, weil sich ihre Figuren viel besser verkaufen, als sie erwartet hatte. Das bedeutet, dass sie fast nicht hinterherkommt mit der Belieferung, und bis Weihnachten sind es ja noch zwei Wochen, da legt das Geschäft nochmal extrem zu. Neben den direkten Verkäufen habe ich auch einige Bestellungen von Leuten, die ein paar Figuren mitgenommen haben, aber eine komplette Krippe zusammenstellen wollen. Vorgestern dachte ich: Carola sieht richtig schlecht aus, sie kommt wahrscheinlich kaum zum Schlafen."

„Wenn das so ist, warte ich, bis das Weihnachtsgeschäft vorüber ist. Meine Idee läuft mir nicht davon. Wenn Sie mir ihre Adresse geben könnten?"

Der Verkäufer nahm aus einem Kästchen eine Visitenkarte und reichte sie der Kommissarin.

„Vielen Dank und weiter alles Gute in diesen Tagen!"

„Danke, Ihnen auch und schöne Weihnachten!"

Im Weitergehen fragte Alex: „Hat uns das jetzt geholfen? Sie sieht schlecht aus, das kann alles heißen. Und wenn sie so schuften muss."

„Ja, und dann kommt Ralf daher und möchte eine besondere Wiege und meckert auch noch daran herum!"

„So wie das jetzt klingt, sehe ich deutlich, dass wir sie weiter im Auge behalten."

„Schaden kann es nichts. Ich glaube, es spricht auch nichts dagegen, wenn wir noch eine kleine Runde über den Weihnachtsmarkt machen, wenn wir schon mal hier sind. Das erspart eine zusätzliche Fahrt in einer überfüllten Straßenbahn."

„Unbedingt! Es könnte ja auch sein, dass wir jemanden beim Taschendiebstahl erwischen. Wir halten die Augen offen."

Sie schlenderten an den Hütten vorbei: Karten, Schmuck, Kunsthandwerk, aber auch warme Socken und Lederwaren, sowie Honig, Liköre und Süßigkeiten. Als sie an einem Stand etwas verweilten, hörten sie, wie eine ältere Frau der Verkäuferin erzählte, dass sie in Ostpreußen aufgewachsen sei, und dass sie im Winter bis zu minus 40 Grad hatten. Obwohl der Kachelofen glühte, waren die Wände bereift. Als sie als Kind krank war, wurde sie mit dem Schlitten ins Krankenhaus gebracht.

Alex fröstelte es unwillkürlich. Er machte einen vorsichtigen Vorstoß: „Auf dem Friedrichsplatz gab es einen Stand mit extralangen Nürnberger Bratwürsten."

„Na dann haben wir ja ein Ziel."

Dieses Ziel hatten sie schnell erreicht, und selbst Ute entschied sich für eine solche Wurst in Überlänge. Nachdem sie so gestärkt waren, gingen sie in die Tiefgarage und fuhren zurück ins Präsidium.

„Die EDV sollte ihre Mittagspause auch hinter sich haben. Ich bin sehr gespannt, was die beiden herausgefunden haben."

Die Enttäuschung war groß, als Martin sagte: „Jede Menge Unterrichtsstoff und alles, was damit zusammenhängt: Planung, Fragen für Tests, Hinweise auf Bücher und Ähnliches, aber nichts, was uns irgendwie weiterhelfen könnte. So sehen zumindest *wir* es, kann ja sein, dass es versteckte Hinweise gibt, aber wenn wir nicht wissen, wonach wir suchen, ist es natürlich schwierig, Hinweise zu finden."

Alex überlegte: „Vielleicht hat er die Dinge, die uns interessieren könnten, gar nicht auf dem Laptop gespeichert, sondern nur als Notizen in seinem Smartphone, aber das hilft uns ja auch nichts, weil es verschwunden ist."

„Stimmt, und falls auf dem Smartphone belastendes Material gewesen sein sollte, ist es klar, dass man es ihm abgenommen hat. Wie sieht es denn von eurer Seite mit einer Handyortung aus?"

Martin runzelte die Stirn. „Probieren können wir es, aber wenn ich ehrlich bin, habe ich wenig Hoffnung, dass das etwas bringt. Wenn der Täter einigermaßen umsichtig handelt, wirft er das Handy nicht einfach in den See oder vergräbt es im Wald, sondern deaktiviert zunächst alles, nimmt die SIM-Karte raus und schaut erst dann, was er weiter mit dem Teil macht. Wir versuchen es natürlich, aber ich will euch keine Hoffnung machen."

„Wo du recht hast, hast du recht! Aber wenn wir Glück haben, hat Ralf die Dinge, die ihm wichtig waren, ausgedruckt. Ich rufe einfach nochmal direkt bei Marie an." Es dauerte einen Augenblick, bis sich Marie meldete. „Ute Becker, Entschuldigung, wenn ich mich schon wieder melde. Haben Sie einen Moment Zeit für eine kurze Frage?"

„Die Hebamme kommt gleich, um was geht es denn?"

„Auf dem Laptop haben wir leider nichts gefunden, was uns weiterhelfen könnte. Jetzt ist die Frage, ob Ihr Mann wichtige Dinge ausgedruckt hat, das heißt, wir würden uns gerne nochmal in seinem Arbeitszimmer umschauen."

„Ich werde erst morgen entlassen, aber wenn Sie heute noch in die Wohnung wollen, kann Ihnen Britta öffnen. Sie ist gerade bei mir."

„Das wäre eine große Hilfe für uns. Vielleicht in einer halben Stunde, oder ist das zeitlich zu eng?"

Britta nickte Marie zu. „Ja, in einer halben Stunde kann sie da sein."

„Vielen Dank und Ihnen weiter alles Gute mit dem kleinen Max! Auf Wiederhören."

Ute schaute in die Runde. „Jetzt warten wir mal ab, ob sich irgendwelche Papiere finden. Wir halten euch auf dem Laufenden."

Im Büro nahm Alex seine Schneekugel in die Hand, schüttelte sie kräftig und beobachtete die kleinen Flöckchen. Ein paar Minuten später machten sie sich auf den Weg zu Maries Wohnung und warteten dort, bis Britta eintraf. Sie holten die Klappbox aus dem Kofferraum, die sie für solche Situationen immer dabeihatten.

„Es tut uns leid, dass wir Ihnen solche Umstände machen. Sie haben sich Ihre Zeit in Karlsruhe ja ohnehin völlig anders vorgestellt. Danke, dass Sie sich nochmal die Zeit nehmen!"

„Das kann man wohl sagen. Dass sich diese Woche so abspielt, wäre mir im Traum nicht eingefallen. Das einzig Erfreuliche ist der kleine Sohn von Marie, er ist so goldig! Und die Wiege für ihn ist jetzt auch noch fertig geworden. Ich kann sie nachher abholen, dann hat der Kleine rechtzeitig sein Bettchen und Marie nochmal eine Überraschung von Ralf." Sie schloss die Wohnungstür auf und ging dann voraus ins Arbeitszimmer.

Die Kommissare schauten sich zunächst die Hängeregister an und erkannten sofort, dass in dem einen

Kasten Material für den Deutschunterricht, in dem anderen für Geschichte war. In den Schubladen des Schreibtisches lagen verschiedene Mappen, zuoberst eine mit der Beschriftung „P". Ute meinte: „P wie Persönlich?" Dennoch öffnete sie die Mappe. Sie enthielt einen langen Text, der an manchen Stellen eine Markierung hatte. Sie las ein paar Sätze, und da es inhaltlich um Erziehungsstile ging, nahm sie an, dass es eine Arbeit sei, die noch der Überarbeitung bedurfte.

„Es ist schwierig, zu entscheiden, was uns weiterhelfen könnte, deshalb schlage ich vor, dass wir den ganzen Inhalt der Schubladen mitnehmen und in Ruhe studieren. Für alle Fälle nehmen wir auch die Hängeregister mit, vielleicht gab es ja ein heikles Thema, das er im Unterricht behandelt hat."

Ute legte das Material in die Box, während Alex die Kästen mit den Hängeregistern aufeinanderstapelte. Sie bedankten sich nochmals bei Britta, luden das Material ins Auto und fuhren zurück.

Im Büro fragte Ute: „Worauf hast du Lust: Register oder Schublade?"

„Das Wort Lust trifft es wohl nicht so ganz, aber ich übernehme die Register und frische mein Schulwissen etwas auf. Dir überlasse ich gerne die Schubladen, die geben vermutlich mehr her."

„Du bist so selbstlos!" Ein gewisser ironischer Unterton war nicht zu überhören.

Den Rest des Nachmittags vertieften sie sich in die Schriften, hatten am Abend aber nicht den Eindruck, dass sie wesentlich weitergekommen wären. Auch die EDV-ler hatten sich gemeldet und bestätigt, was sie bereits erwartet hatten: Das Smartphone war nicht zu orten.

Ute sagte: „Ich hatte mir mehr erhofft. Gib mir bitte nochmal deine Schneekugel!"

Auf dem Weg nach Hause beschäftigte Ute weiter die Frage, ob dieses Material sie weiterbringen könnte, oder ob sie sich in eine Sackgasse verrannt hatten. War jemand mit den Inhalten, die Ralf vermittelte, nicht einverstanden, und wenn ja, wer? Ein Kollege, der Rektor oder ein Elternteil? Oder ging es um seine Methoden? Was hatte es mit der Schrift zu den Erziehungsstilen auf sich?

Britta stellte ihren Wagen in der Hofeinfahrt ab. Sie sah, dass in der Werkstatt noch Licht brannte und ging hinein. Carola war über eine Holzarbeit gebeugt, schaute aber auf, als sie Schritte hörte.

„Hallo Britta, ich bin froh, dass ich es doch noch rechtzeitig geschafft habe. Ich dachte, das ist der letzte Dienst, den ich Ralf noch tun kann."

Sie drehte sich um und deutete in Richtung Büro: „Da steht sie!"

Britta war begeistert, als sie die Wiege sah. „Die ist ja wunderschön geworden! Da wird sich Marie riesig freuen, und auch Ralf wäre sehr zufrieden gewesen." Sie zwinkerte ihr zu.

„Na ja, er hat auch lange genug daran herumkritisiert. Aber es stimmt, sie ist wirklich sehr schön geworden, ich bin ein bisschen stolz darauf!"

„Das kannst du sein."

Carola errötete ein wenig, als sie sagte: „Ich habe ein Foto davon auf meine Homepage gestellt."

„Gute Idee! Hilfst du mir, sie in den Wagen zu heben?"

„Natürlich. Hast du bei Marie jemanden, der dir helfen kann? Sie ist nicht ganz leicht."

„Da klingle ich bei einem Nachbarn, das ist kein Problem."

Nachdem die Wiege bezahlt und im Auto verstaut war, bedankte sich Britta nochmal und machte sich auf den Weg.

Donnerstag

Ute und Alex waren noch nicht lange im Büro, als das Telefon läutete. Es war Dr. Herberger, dessen Stimme verriet, dass er unter gewaltigem Druck stand. „Ich habe heute Morgen einen Drohbrief erhalten!"

Ute informierte ihn, dass sie den Apparat auf Lautsprecher stelle und erkundigte sich nach dem Inhalt des Schreibens.

„Da steht nur: ‚Ich räume in Ihrer Schule auf!' Was meinen Sie denn, was das heißen soll?"

„Zunächst stellt sich die Frage, ob Sie irgendetwas anders vorgefunden haben, als bisher?"

„Ich weiß es nicht. Ich habe gleich bei Ihnen angerufen, nachdem ich den Brief geöffnet habe."

„Das heißt, der Brief kam in einem Umschlag?"

„Ja, und er war an mich adressiert: Dr. Herberger persönlich. Deshalb hat ihn mir meine Sekretärin ungeöffnet übergeben. Aber er kam nicht mit der Post, sondern wurde offensichtlich direkt in unseren Briefkasten geworfen."

„Kann es sich um einen Scherz handeln?"

„Einen Scherz?! Das wäre ein sehr übler Scherz. Sie machen sich keine Vorstellung, wie ich mich gerade fühle!"

„Nun, dann frage ich mal sehr direkt: Sind heute Vormittag alle Lehrkräfte und Schüler zum Unterricht erschienen?"

Am anderen Ende hörte man einen tiefen Atemzug. „Sie meinen…?" Kurze Pause. „Mir ist im Moment nichts Gegenteiliges bekannt. Natürlich haben einige erst zur zweiten Stunde Unterricht."

„Dann schlage ich vor, dass wir vorbeikommen und den Brief für die Spurensicherung sicherstellen und abwarten bis zur zweiten Stunde, oder bis sich der Schreiber erneut meldet. Es könnte ja auch sein, dass er irgendwelche Forderungen stellt. Dann wüssten wir, in welche Richtung die Drohung geht."

„Und wie soll ich mich jetzt verhalten? Soll ich die Schule räumen lassen? Ich habe die Verantwortung für die ganzen Kinder. Stellen Sie sich vor, es gäbe einen Anschlag oder einen Amoklauf, dann werde ich ja meines Lebens nicht mehr froh."

„Ich würde an Ihrer Stelle jetzt nichts überstürzen, sondern eher versuchen, die Ruhe zu bewahren. Wir kommen vorbei und können dann mit Ihnen durch die einzelnen Stockwerke gehen und schauen, ob uns gemeinsam etwas auffällt."

„Gut, dann erwarte ich Sie!"

Ute wechselte einen Blick mit Alex und ging zu ihrem Waffenfach. „Man weiß ja nie! Komisch klingt das Ganze schon. Auf, machen wir uns ein Bild vor Ort!"

Im Auto schaute Alex zu seiner Kollegin: „Blaulicht?"

„Eher nicht, wir wollen ja kein Aufsehen erregen, aber zu genau musst du es mit den Geschwindigkeiten auch nicht nehmen, soweit das bei den matschigen Straßen überhaupt möglich ist."

Alex schmunzelte – ungewohnte Worte aus ihrem Mund.

Es dauerte nicht lange, bis sie bei der Schule ankamen. Der Weg zum Rektor war ihnen inzwischen sehr vertraut. Die Sekretärin hatte die ihr eigene strenge Ruhe verloren und schien über das Kommen der Polizei etwas erleichtert. Die Tür zu ihrem Vorgesetzten war offen.

Als Dr. Herberger hörte, dass die beiden Kommissare eingetroffen waren, sprang er auf und kam ihnen entgegen. „Gut, dass Sie da sind! Wie stellen Sie sich das weitere Vorgehen vor?"

„Natürlich interessiert uns das Schreiben, aber wenn es Sie beruhigt, können wir auch zuerst gemeinsam durch die einzelnen Gänge schreiten."

Der Rektor wirkte etwas verunsichert. „Und Sie halten das nicht für gefährlich?"

„Sie könnten auch die ganze Schule räumen und Schüler und Lehrer in den Pausenhof beordern, aber wenn es sich doch um eine Amokdrohung handeln sollte, würden Sie sich damit keinen Gefallen tun, denn dann hätte der Angreifer leichtes Spiel."

Er fasste sich ein Herz. „Sie haben recht. Also gehen wir los."

„Die Struktur des Hauses ist mit seinen langen graden Fluren sehr übersichtlich. Wir konzentrieren uns zunächst auf das Treppenhaus. Von hier aus können wir die einzelnen Stockwerke gut überblicken."

Die Etage mit dem Sekretariat war völlig unauffällig. An den Garderoben vor den Klassenräumen hingen dicke Winterjacken, hin und wieder hörte man Zwischenrufe oder Kommentare aus einzelnen Zimmern. Die Dreiergruppe ging die Treppe hinunter – auch hier das gleiche Bild, ebenso in den übrigen

Stockwerken. Sie brauchten nicht allzu lange für ihre Runde und kehrten in das Büro des Rektors zurück.

Ute bat um das Schreiben, zog sich einen Handschuh an und ließ es nach einem kurzen Blick darauf in eine durchsichtige Mappe gleiten. „Sind Sie der Einzige, der das Papier in den Händen gehalten hat?"

„Ja, ich sagte ja schon, dass mir meine Sekretärin den ungeöffneten Umschlag überreicht hat."

„Gut, dann übergeben wir das Schreiben der Spurensicherung. Im Moment können wir nichts weiter tun als bis zur nächsten Unterrichtsstunde zu warten, es sei denn, dass sich bis dahin etwas Unerwartetes ereignet. Sie geben uns Bescheid."

Dr. Herberger schaute sie mit weit aufgerissenen Augen an. „Sie wollen uns doch jetzt nicht alleine lassen?!"

„Was sollen wir denn Ihrer Meinung nach tun? Wenn sich das Ganze letztlich doch als Scherz erweist, sitzen wir noch morgen früh hier beisammen. Nein, wir machen uns auf den Weg und hören von Ihnen, wenn Ihnen etwas auffällt, was von Bedeutung sein könnte."

Der Ton, mit dem Ute gesprochen hatte, erlaubte keinen Widerspruch, und so verabschiedeten sich die Kommissare und machten sich auf die Rückfahrt.

„Was meinst du?"

Alex zögerte: „Ich weiß nicht so recht. Wenn es ein Scherz ist, ist er eigentlich gar nicht schlecht, denn ‚Ich räume in Ihrer Schule auf' muss keine Drohung sein, das kann auch ein Angebot sein. Wenn das jemand zu mir sagen würde, würde ich sagen: Da hast du dir etwas vorgenommen!"

„Du hast echt Humor! Und könntest du dir vorstellen, dass man ein solches Angebot in einem verschlossenen Umschlag abgibt? Nein, ich glaube schon, dass mehr dahintersteckt. Es hat ihn zumindest tief getroffen. Warten wir ab!"

Im Präsidium gab sie die Mappe und eine kurze Erklärung Frau Stiegelmaier zur Weiterleitung. Ein Blick auf die Uhr verriet, dass die nächste Schulstunde in einer Viertelstunde beginnen würde.

Die Viertelstunde war noch nicht ganz abgelaufen, als das Telefon läutete: Dr. Herberger. „Ob Schüler fehlen, kann ich Ihnen nicht sagen, aber Herr Rüber ist nicht eingetroffen, und er geht auch nicht ans Telefon. Er hätte zur zweiten Stunde Unterricht."

„Gut. Lassen Sie den Betrieb normal weiterlaufen, denn noch wissen wir nichts Genaues, und Panik nützt in einer solchen Situation niemandem. Wir melden uns, wenn wir klarer sehen." Ute legte auf, um eine Diskussion gar nicht erst zustande kommen zu lassen. Sie wandte sich an Alex: „Sorg du dafür, dass jemand zu Rüber fährt, der uns die Tür öffnet, ich informiere Gerd." Kurz und knapp schilderte sie ihrem Kollegen der Spurensicherung den Verdacht und nannte die entsprechende Adresse, zu der sie ihn rufen würde, falls sich der Verdacht bestätigen sollte.

Als Ute und Alex eintrafen, wurden sie bereits von Hans erwartet, der mit seinem Werkzeug bereitstand.

Im Haus brannte Licht. Als sich nach zweimaligem intensivem Läuten nichts rührte, nickte Ute Hans zu, der mit wenigen geschickten Griffen die Tür öffnete.

Im Flur blieb Ute kurz stehen und rief laut: „Herr Rüber?"

Da keine Reaktion kam, gingen sie gemeinsam weiter in das geräumige Zimmer, wo sie erschrocken stehenblieben: Daniel Rüber lag auf dem Boden, sein

Kopf in einer großen Blutlache. Schubladen waren aufgerissen, der Inhalt auf den Boden gekippt, ein Wandschrank geöffnet, auch da der Inhalt wild durcheinander auf dem Fußboden. Auf dem Schreibtisch lagen ein paar aufgeschlagene Bücher neben dem aufgeklappten Laptop, an dessen Seite ein paar gelbe Postits klebten.

Ute holte ihr Smartphone aus dem Rucksack und informierte Gerd, der versprach, sich unverzüglich auf den Weg zu machen. Um keine Spuren zu verwischen, blieben alle stehen und ließen ihren Blick über das Chaos gleiten.

In die Stille fragte Hans: „Braucht ihr mich noch?"

„Nein, vielen Dank, du kannst dich auf den Rückweg machen."

Alex fasste zusammen: „Es soll wohl wie ein Raubüberfall aussehen, bei dem der Täter gestört wurde, aber es gab an der Tür ja keinerlei Einbruchsspuren."

Es dauerte nicht allzu lange, bis es an der Tür klingelte und Gerd eintraf. Er folgte ihnen und stutze kurz, als sie das Zimmer betraten. „Mein lieber Mann, da hat aber jemand ganze Arbeit geleistet!" Er öffnete seinen Koffer und kniete sich neben die Leiche. „Der Tod ist schon vor Stunden eingetreten, eine genaue Zeit nenne ich euch später, aber ich würde schätzen zwischen 21 und 22 Uhr." Er kam sehr rasch zu der Feststellung: „Das Muster ist genau das gleiche wie bei Ralf: erst ein Schlag auf den Kopf mit einem harten Gegenstand, danach Eröffnung der Halsschlagader. Tod durch Verbluten."

Mit Blick auf den Schreibtisch sagte Ute: „Sieht so aus, als ob Daniel bei seiner Arbeit gestört wurde. Wenn das so ist, kam der Täter oder die Täterin gezielt, um ihn umzubringen. Das wird natürlich auch durch das exakte Vorgehen wie bei Ralf bestätigt. Aber dann ist der ganze Ablenkungsversuch in Richtung Diebstahl doch völlig überflüssig. Es sei denn, der Täter hat etwas Bestimmtes gesucht."

Alex kratzte sich am Kopf. „Wenn wir an das Schreiben denken, das der Rektor bekommen hat, muss es einen Zusammenhang zwischen den beiden Toten geben, wobei - mit ‚Aufräumen' hat das hier wenig zu tun."

Gerd schaute von seiner Arbeit auf. „Du meinst das Papier, das ihr mir vorhin gebracht habt? Auf den ersten Blick waren nur die Fingerabdrücke des Rektors drauf. Viel Zeit hatte ich noch nicht, es genauer zu untersuchen, weil dann euer Anruf kam. Aber wenn es so ist, dann schwankt der Täter zwischen Vorsicht und unüberlegtem Handeln. Das wäre vielleicht etwas für unsere Polizeipsychologin."

Ute nickte. „Stimmt, mit ihr könnten wir mal sprechen. Vielleicht steckt auch eine Botschaft dahinter, die sich uns noch nicht erschließt."

Gerd hatte inzwischen zu seinem Smartphone gegriffen und durchgegeben, dass die Leiche abgeholt und in die Gerichtsmedizin gebracht werden könne.

Ute hatte sich ein paar Notizen gemacht. Wie zufällig öffnete sie die linke Schreibtischschublade und war erstaunt: Obenauf lag ein Blatt mit ‚wichtigen Informationen für den Notfall'. Als jemand, der informiert werden sollte, war Ralf Linder genannt und auch die Eltern in Hornberg.

„Das ist ja vorbildlich, da könnte sich ein Großteil der Bevölkerung ein Beispiel nehmen!"

Ute schaute Alex an: „Hornberg liegt nicht gerade nebenan und ist wahrscheinlich tief verschneit. Es hat wenig Sinn, dorthin zu fahren, zumal wir die Zusammenhänge selbst noch nicht verstehen. Wir nehmen am besten Kontakt zu den dortigen Kollegen auf und bitten sie um Hilfe. Sie könnten mit jemandem von der Notfallseelsorge hingehen."

Sie verstaute ihr Buch in ihrem Rucksack und sagte zu Gerd: „Wir lassen dich hier alleine weitermachen und hören uns ein bisschen in der Gegend um. Aber vorher sollten wir noch Dr. Herberger informieren." Sie wählte seine Nummer, informierte mit wenigen Worten über den Tod des Lehrers und versprach, später noch einmal in der Schule vorbeizuschauen.

Nach einem letzten Blick auf das Chaos verließen die beiden Kommissare das Haus. Der Nikolaus, der an der Regenrinne hing, wirkte auf einmal fehl am Platz.

Dr. Herberger hatte seine Sekretärin ins Bild gesetzt und fuhr fort: „Es war schon schwierig genug, die Stunden von Herrn Linder an die Kollegen aufzuteilen, ohne zu große Lücken entstehen zu lassen, aber jetzt auch noch die Stunden von Herrn Rüber! Und was werden die Eltern sagen, wenn wir noch einen Toten zu beklagen haben? Was bedeutet das überhaupt für den Ruf unserer Schule? Wir müssen sehr umsichtig damit umgehen."

Er ging ein paar Schritte auf und ab, die Hände hinter dem Rücken verschränkt, den Kopf leicht gesenkt. „Ich denke, wir rufen eine außerordentliche Lehrerkonferenz ein. Die Kinder sollen sich in dieser Zeit mit einer Aufgabe selbst beschäftigen. Wenn wir sie vorzeitig nach Hause schicken, bekommen wir zusätzlichen Ärger mit den Eltern, die bei der Arbeit sind und ihre Kinder nicht unbeaufsichtigt lassen wollen. Was meinen Sie dazu?"

„Ich stimme Ihnen vollständig zu!"

„Gut, dann bereite ich eine entsprechende Durchsage vor und mache mir erste Notizen, wie wir weiter mit der Situation umgehen können."

„Meinen Sie nicht, dass wir den Schulsozialarbeiter mit einbeziehen sollten?"

„Das ist eine sehr gute Idee! Gut, dass Sie einen klaren Kopf behalten. Ich habe das Gefühl, dass ich etwas neben mir stehe, das Ganze nimmt mich mehr mit, als ich mir eingestehen möchte. Rufen Sie Herrn Kruse an und bestellen ihn zur Lehrerkonferenz ein. Er kann dann selbst einen Vorschlag machen, wie er die Situation etwas entschärfen könnte."

„Dass die Häuser hier nahtlos aneinandergereiht sind, könnte sich als Vorteil erweisen. Ich weiß ja nicht, wie die Isolierung ist, aber vielleicht hat einer der Nachbarn etwas gehört." Mit diesen Worten war Ute die paar Schritte von der Haustür zum Gehsteig gegangen und dann gleich wieder beim nächsten Haus durch das kurze Gartenstück zur Tür, wo sie läutete. Als Name war „Neumann" angegeben.

Es dauerte einen Augenblick, bis die Tür von einer Frau geöffnet wurde. Sie mochte ca. 60 Jahre alt sein, hatte einen grauen Kurzhaarschnitt und eine schwarz umrandete Brille, hinter der sie die beiden Kommissare mit grünen Augen interessiert und fragend anschaute. Über einer schwarzen Jeans trug sie einen orangefarbenen Rollkragenpullover und eine lange Halskette mit Holzperlen. „Guten Morgen!"

Ute hatte bereits ihren Ausweis zur Hand und stellte sich und ihren Kollegen vor. „Wir sind hier wegen

Ihres Nachbarn, Herrn Rüber. Erschrecken Sie nicht, wenn ich gleich mit der Tatsache herausplatze, dass er ermordet wurde."

Frau Neumann, die gerade noch so munter wirkte, verlor schlagartig alle Farbe aus dem Gesicht und hielt sich am Türrahmen fest.

„Ist Ihnen gestern Abend zufällig irgendetwas aufgefallen? Haben Sie etwas gehört oder gesehen, was Sie stutzig gemacht hat?"

„Kommen Sie doch herein, wir brauchen uns bei der Kälte nicht hier unter der Tür unterhalten. Es ist allerdings gerade nicht besonders aufgeräumt."

Diesen Satz kannten die Kommissare erstaunlich gut. Sie betraten das Haus und folgten Frau Neumann durch einen schmalen Flur in ein gemütlich eingerichtetes Zimmer mit großem Fenster und Blick ins Freie auf schneebedeckte Bäume. Davor fiel ein Holzgestell mit einem ausladenden Vogelhäuschen auf, an dem sich Spatzen und Blaumeisen vergnügten.

Frau Neumeier nahm ein Strickzeug, das auf dem Sofa lag, wickelte es zusammen und steckte es in einen Handarbeitskorb, der auf dem Boden stand. Mit einer Handbewegung lud sie die Kommissare ein, sich zu setzen und nahm selbst auf einem schmalen Stuhl gegenüber Platz. Ein schwarzer Holzofen sorgte für eine angenehme Wärme. Ute und Alex öffneten ihre Jacken.

„Ich kann es gar nicht fassen! Ermordet, sagen Sie? Lassen Sie mich überlegen. Gestern Abend habe ich lange mit einer Freundin telefoniert, da achte ich natürlich nicht besonders auf das, was in der Umgebung geschieht. Um welche Uhrzeit geht es denn überhaupt?"

„Der Todeszeitpunkt liegt vermutlich so etwa zwischen 21 und 22 Uhr, aber es könnte ja sein, dass Herr Rüber bereits vorher Besuch bekam. Für uns ist alles von Interesse, was Ihnen einfällt. Es ist wie bei einem Puzzle: Man hat viele Einzelteile und muss dann sehen, wie ein Bild daraus wird."

Frau Neumeier schaute aus dem Fenster und dachte nach. „Als ich meine Fensterläden zugeklappt habe, war bei ihm auf jeden Fall noch Licht, aber das hat mich nicht gewundert, denn er arbeitet oft bis spät in die Nacht hinein. Überrascht war ich eher, dass er morgens schon Licht hatte. Sie müssen wissen, dass ich Frühaufsteherin bin, und Daniel hat donnerstags erst in der zweiten Stunde Unterricht, da schläft er gerne ein bisschen länger."

„Sie kennen sich wohl gut?"

„Wir leben hier in einer sehr netten Nachbarschaft, und da die Gärten angrenzen, sieht man sich in der wärmeren Jahreszeit oft draußen und spricht miteinander. Und mit der Zeit bekommt man auch ein Gespür für die Gewohnheiten des anderen. Deshalb war ich heute Vormittag tatsächlich überrascht, habe aber nicht länger darüber nachgedacht. Aber zum Abend fällt mir leider nichts Ungewöhnliches ein."

„Dann noch eine andere Frage: Wissen Sie, ob seine Eltern noch leben und ob er weitere Angehörige hatte?"

„Ja, seine Eltern leben noch und haben ein Häuschen irgendwo im Schwarzwald, genau kann ich es nicht sagen. Und er hat eine Schwester. Sie wohnt mit ihrer Familie in Neuseeland. Sie kommt alle zwei oder drei Jahre für einige Wochen nach Deutschland, aber da sie gerade letztes Jahr hier war, ist das für dieses Jahr bestimmt nicht geplant. Ich glaube, es gibt auch noch irgendwo einen Onkel, aber den hat er nur mal am Rande erwähnt. So richtig ergiebig ist das für Sie alles vermutlich nicht."

Ute reichte ihr eines der Visitenkärtchen. „Sollte Ihnen doch noch etwas in den Sinn kommen, dann melden Sie sich bitte, auch wenn es Ihnen noch so nebensächlich erscheint."

„Ja, das mache ich! Es tut mir leid, dass ich Ihnen nicht helfen kann, und noch mehr leid tut es mir natürlich für Daniel. Er war so ein netter, aufmerksamer junger Mann! Ich kann mir überhaupt nicht vorstellen, dass so jemand einen Feind hat."

Die drei waren aufgestanden und gingen zur Tür, wo sie sich verabschiedeten.

Ute biss sich auf die Lippen. „Das mit den Angehörigen ist blöd, die müssen ja informiert werden, aber wenn wir jetzt schon mal hier sind, würde ich doch noch gerne jemanden aus der Nachbarschaft befragen."

Alex schaute seine Kollegin an. „Lass mich raten: Wir klingeln in dem Häuschen gegenüber?"

„Dazu gehört nicht allzu viel kriminalistisches Feingefühl. Ja genau, das machen wir."

Sie blickten sich nach beiden Seiten um, überquerten dann die Straße und sahen neben der Haustür ein buntes Keramikschild. Es zeigte ein Ehepaar mit zwei Luftballons, darüber stand „Die Müllers: Toni, Susi, Willi, Miri". Sie läuteten, und kurz danach war von innen eine Kinderstimme zu hören. Es öffnete eine junge Frau mit einem Säugling auf dem Arm, über ihrer Schulter lag ein weißes Tuch, neben ihr hüpfte ein kleiner Junge auf und ab.

Im Blick auf den Kleinen stellte Ute sich und das Anliegen nur mit wenigen Worten vor, und die Frau bat sie herein. Mit dem rechten Fuß stieß sie ein paar Spielsachen zur Seite, damit niemand stolperte und ging dann voraus zu einem Esstisch, wo sie sich setzte. Letzte Frühstücksreste standen noch auf dem Tisch.

Der Junge schaute Alex ehrfürchtig an. „Seid ihr richtig von der Polizei?"

Alex nickte zuerst ernst, zwinkerte ihm dann aber aufmunternd zu und setzte ihn sich kurzerhand auf sein linkes Knie. Das Kind war glücklich.

Frau Müller schüttelte leicht den Kopf. „Vielleicht ist es besser, wenn Willi in sein Zimmer geht?"

Dieser reagierte prompt: „Nein, Willi möchte bei der Polizei bleiben!"

Alex hob ihn hoch und stellte ihn auf dem Boden ab. „Und was ist, wenn dich die Polizei in dein Zimmer bringt?"

Es kam ein vorsichtiges „okay".

„Zeigst du mir, wo das ist?"

Willi nahm Alex an der Hand und zog ihn hinter sich her.

„Der Kleine mochte Daniel sehr, da muss er nicht gleich irgendwelche schrecklichen Details erfahren. Habe ich das richtig verstanden, dass Sie davon ausgehen, dass Daniel ermordet wurde?"

„Leider ja, und nun sind wir auf der Suche nach Hinweisen, die uns weiterhelfen bei unseren Ermittlungen. Haben Sie gestern Abend zwischen 21 und 22 Uhr zufällig etwas beobachtet?"

Während des Nachdenkens streichelte Frau Müller langsam über den Rücken des Säuglings. „Mein Mann und ich haben im Fernsehen eine Sendung gesehen, die um 21 Uhr zu Ende war. Dann bin ich in die Küche gegangen, weil ich mir noch etwas zu trinken holen wollte. Als ich unsere Fensterläden zuklappte, fiel mir tatsächlich ein Mann auf, der auf Daniels Tür zuging. Er hatte irgendetwas Längliches in der Hand. Ich war noch verwundert, dass jemand um diese Zeit zu Besuch kommt, habe aber nicht weiter darüber nachgedacht."

Ute hatte sich unwillkürlich etwas aufgerichtet. „Haben Sie gesehen, ob er mit einem Auto kam?"

„Nein, das habe ich nicht gesehen. Wenn er mit einem Auto gekommen ist, musste er es sicher ziemlich weit weg parken, denn um diese Zeit sind alle Parkplätze von den Anwohnern belegt, und da es eine Einbahnstraße ist, hat man wenig weitere Möglichkeiten."

„Können Sie den Mann beschreiben?"

„Er hatte eine durchschnittliche Größe. Viel mehr kann ich nicht sagen, denn zum einen war es dunkel, zum anderen habe ich ihm keine besondere Beachtung geschenkt, sondern ihn nur kurz wahrgenommen."

Es war wie so oft: Es gab einen kleinen Hoffnungsschimmer, der aber nicht wesentlich weiterführte.

Ute stand auf. „Dann danke ich Ihnen für Ihre Zeit, und wenn Ihnen doch noch etwas einfallen sollte, melden Sie sich bitte. Das gilt natürlich auch für Ihren Mann, vielleicht hat er ja etwas bemerkt, es aber auch nicht thematisiert."

„Ich glaube es zwar nicht, aber ich rufe ihn nachher gleich an. Wenn ihm etwas aufgefallen ist, melde ich mich umgehend bei Ihnen." Frau Müller ging zum Kinderzimmer und nickte Alex dankbar zu. Dieser wirbelte Willi nochmal durch die Luft und winkte ihm dann zum Abschied zu.

Draußen fragte er: „Hat sich etwas Neues ergeben?"

„Nicht wirklich. Wir wissen jetzt definitiv, dass kurz nach neun ein Mann mit einem länglichen Gegenstand in der Hand zu Daniel Rüber ging. Er hatte eine durchschnittliche Größe. Mehr konnte sie leider nicht sagen."

„Super, aber umsonst war unser Besuch nicht: Willi hatte Spaß!"

„Du vermutlich auch! Eines wissen wir nun auch: Die Schreinerin können wir endgültig von der Liste streichen. Machen wir uns wieder auf zur Schule, Dr. Herberger ist bestimmt schon ganz aufgemischt."

„Das artet echt in Leistungssport aus, wenn wir schon wieder diese Treppen erstürmen!"

Ute zwinkerte ihm zu: „Na von Erstürmen kann wohl nicht wirklich die Rede sein."

Alex verzichtete auf einen Kommentar, startete den Wagen und steuerte wieder in Richtung Schule. Dort waren sie überrascht von dem großen Medienaufgebot: Kameras waren aufgebaut, Journalisten liefen auf und ab, sprachen in ihr Handy oder auch direkt in ein Mikrophon. Als sie den Wagen der Polizei sahen, stürzten einige der Journalisten direkt auf die beiden Kommissare zu. „Wie weit sind Sie in Ihren Ermittlungen? Haben Sie bereits einen Verdacht?"

Alex schob sich schützend vor seine Kollegin und sagte sehr bestimmt: „Für eine Aussage ist es definitiv zu früh. Wir werden Sie zu gegebener Zeit informieren. Wenden Sie sich an unsere Presseabteilung!"

Mit diesen Worten bahnten sich die beiden den Weg durch die Menge und betraten die Schule. Nachdem sie alle Treppenstufen geschafft hatten, blieben sie noch einen Augenblick stehen, da Alex etwas kurzatmig war, und klopften dann an der Sekretariatstür.

Dr. Herberger war sichtlich erleichtert sie zu sehen und bat sie in sein Zimmer.

Ute sprach ihn direkt an: „Haben Sie schon öfter Drohbriefe bekommen, oder ist das das erste Mal?"

Er musste nicht lange nachdenken. „Wir bekommen immer wieder mal Briefe von aufgebrachten Eltern, die mit irgendeiner Maßnahme nicht einverstanden sind oder Sorgen um ihr Kind haben…" Dann schüttelte er den Kopf. „Aber das jetzt ist etwas völlig anderes. Hier mache ich mir echte Sorgen!"

„Ist Ihnen inzwischen etwas eingefallen, das die beiden Lehrer gemeinsam haben, und das zu einer solchen Drohung führen könnte?"

„Ich habe mich gefragt, ob es etwas mit der rechten Szene zu tun haben könnte. Herr Linder hat immer wieder betont, dass sich Geschichte nicht wiederholen dürfe. Es war ihm im Blick auf seine Schüler ein großes Anliegen, da für entsprechende Strömungen und die Gefahren zu sensibilisieren. Er und Herr Rüber hatten darüber nachgedacht, ob sie an einer Demonstration gegen rechts auf dem Schlossplatz teilnehmen sollen. Ich weiß nicht, ob sie es tatsächlich getan haben, aber als ich über diese Drohungen nachgedacht habe, ist mir das wieder eingefallen."

„Gibt es da an Ihrer Schule entsprechendes Potential?"

„Nicht dass ich wüsste!"

„Und wenn Sie in diese Richtung denken, gibt es dann weitere Lehrkräfte, um die Sie sich Sorgen machen müssten?"

„Das habe ich mich auch schon gefragt. Mir fällt höchstens noch Frau Kraft ein, aber die liegt im Moment mit einer Erkältung im Bett und wird so schnell nicht wieder zum Unterricht erscheinen."

„Nun gut. Dann kümmern wir uns jetzt um die Eltern von Herrn Rüber und sprechen mit den Kollegen, die sich in der einschlägigen Szene auskennen. Wenn es etwas Neues gibt, dann melden Sie sich bitte wieder. Mehr können wir hier im Moment nicht tun."

In der Tür drehte sich Ute um und fragte sehr direkt: „Wo waren Sie eigentlich gestern zwischen 21 und 22 Uhr?"

Das Gesicht von Dr. Herberger schien für ein paar Sekunden wie eingefroren. „Sie wollen damit nicht sagen…?"

„Beantworten sie einfach meine Frage, und schon können Sie weiterarbeiten."

„Ich war zu Hause und habe gelesen. Der Titel des Buches wird Sie nicht interessieren, obwohl es wertvolle Literatur ist."

„Gibt es dafür Zeugen?"

„Nein, meine Frau ist für zwei Wochen bei ihrer Mutter auf Rügen. Sie liebt den Winter dort oben am Wasser."

„Gut, dann machen wir uns jetzt auf den Weg. Vielen Dank und auf Wiedersehen!"

Die beiden Kommissare verließen das Zimmer des Rektors.

Erst im Wagen sprach Alex seine Kollegin an: „Gelungene Überraschung! Das hat ihn ein bisschen aus der Fassung gebracht. Kannst du dir wirklich vorstellen, dass er etwas mit den beiden Morden zu tun hat?"

Sie zuckte mit den Schultern. „Du weißt doch, dass ich mir grundsätzlich alles vorstellen kann! In diesem Fall müsste allerdings ein sehr starkes Motiv dahinterstehen, denn er würde nicht nur sich schaden, sondern auch seiner Schule. Zum einen fehlen ihm die Lehrkräfte, und das scheinen ja zwei sehr beliebte gewesen zu sein, zum anderen ist es für den Ruf der Schule nicht unbedingt förderlich, wenn es Mordfälle gibt. Wenn dann noch herauskäme, dass der Rektor selbst involviert ist, können die doch dichtmachen. So gesehen erscheint es mir eher unwahrscheinlich, aber man weiß ja nie!"

„So richtig sympathisch ist er mir nicht, aber das liegt vielleicht auch daran, dass Schule immer noch ein etwas merkwürdiges Gefühl in mir auslöst, obwohl die eigene Schulzeit fast eine Ewigkeit hinter mir liegt." anlassen

Er ließ den Motor an, setzte den Blinker und fuhr los. „Ich denke, wir fahren zurück zum Präsidium und lassen zunächst die Eltern verständigen."

Die Straßen waren matschig, und es fing auch wieder etwas zu schneien an. Vor dem Präsidium waren Zufahrt und Parkplätze sehr gut geräumt.

Auf dem Weg zum Büro machte Ute Halt bei Frau Stiegelmaier und bat sie, die Namen und Telefonnummer der Kollegen aus Hornberg herauszufinden. Außerdem bat sie, einen zeitnahen Termin mit der Polizeipsychologin zu vereinbaren.

Sie unterbrach Alex, der gerade seine Mails checkte: „Wir sollten auch den Staatsanwalt wieder auf Stand bringen. Der Fall hätte eine ganz andere Dimension, wenn tatsächlich die rechte Szene dahinterstecken würde!"

Bevor er etwas antworten konnte, betrat Frau Stiegelmaier das Büro und reichte Ute einen Zettel mit den gewünschten Informationen aus Hornberg. „Die Psychologin hat momentan Urlaub."

Darüber war Alex nicht unglücklich. Er kam mit ihrer einfühlsamen Art schlecht zurecht.

„Dann rufe ich Herrn Eberhard an, ob er vorbeikommen möchte. Er hat auch eine ausgezeichnete Menschenkenntnis. Vielleicht hat er eine Idee, auf die wir nicht kommen würden."

An Alex gewandt fügte sie hinzu: „Dann lernst du ihn auch mal kennen."

„Da bin ich gespannt. Gehört habe ich ja schon viel von ihm. Und du meinst, er ist bereit, hierher zu kommen? Sonst habt ihr doch immer euer Tagesschau-Date."

„Ich glaube schon. Er verfolgt ja alles immer mit großem Eifer. Da ist es für ihn doch interessant, zu sehen, wo wir eigentlich arbeiten. Aber zuerst sind die Hornberger dran."

Alex lag ein Scherz zum „Hornberger Schießen" auf der Zunge, fand ihn dann aber doch nicht passend in diesem Zusammenhang und schüttelte stattdessen lieber seine Schneekugel, während Ute die Nummer wählte.

Als sie eine Kollegin am Apparat hatte, schilderte sie kurz und prägnant den Fall und bat um deren Mithilfe im Blick auf die Eltern von Daniel. „Ich wäre dankbar für einen Rückruf, ob er ihnen gegenüber in letzter Zeit über irgendetwas gesprochen hat, das ihn belastet hat. Wir haben momentan verschiedene Fäden, die noch nicht so ganz zusammenlaufen wollen."

Die Kollegin versprach, sich wieder zu melden, sobald sie Näheres wisse.

„Okay, als Nächstes der Staatsanwalt, und mit Marie würde ich auch nochmal gerne sprechen. Wenn Ralfs Adresse als Notfallnummer genannt war, müssen die beiden schon eine besondere Verbindung gehabt haben. Ich glaube nicht, dass sich die auf die rechte Szene beschränkt."

Im Lehrerzimmer herrschte eine spürbare Nervosität und Unsicherheit. Eine Konferenz während der Unterrichtszeit war absolut ungewöhnlich und musste einen gravierenden Grund haben.

Nachdem sich alle Lehrkräfte gesetzt hatten und etwas Ruhe eingekehrt war, begann Dr. Herberger: „Danke, dass Sie dem Aufruf unverzüglich gefolgt sind! Ich habe eine furchtbare Nachricht für Sie: Es gibt einen zweiten Mord im Kollegenkreis! Daniel Rüber wurde bei sich zu Hause tot aufgefunden. Vielleicht hat der eine oder andere von Ihnen es bereits durch die sozialen Medien erfahren. Es ist mir ein Rätsel, mit welcher Vehemenz sich solche Nachrichten auf den unterschiedlichsten Kanälen verbreiten!"

Auf den Gesichtern der Lehrkräfte spiegelten sich Schock und Fassungslosigkeit. Für einen Moment war eine lähmende Stille im Raum, bis viele gleichzeitig ihrer Fassungslosigkeit Ausdruck verliehen.

„Weiß man Näheres über die Umstände? Und was heißt das für uns? Ist womöglich eine oder einer von uns als Nächstes dran?"

„Ich kann Sie gut verstehen, ich stehe ja selbst auch noch völlig unter Schock! Die Ermittlungen laufen, für Einzelheiten ist es noch zu früh, aber ich werde Sie zeitnah informieren, wenn es mehr Klarheit gibt. Im Moment müssen wir schauen, wie wir mit dieser Lage zurechtkommen. Herr Kruse, haben Sie eine Idee, wie wir vorgehen könnten?"

Der Sozialarbeiter musste sich selbst erst fassen, bevor er antworten konnte. „Die beiden Lehrer waren bei den Schülern sehr beliebt. Das ist für sie eine einschneidende Erfahrung, die sich keiner wünscht. Wir können sie damit nicht alleine lassen. Ich kann mir vorstellen, dass wir zunächst moderierte Gesprächsgruppen anbieten und dann auch Einzelgespräche."

Er dachte einen Augenblick nach. „Ich werde auf jeden Fall auch meinen Hund dazunehmen."

Es kam ein empörter Zwischenruf: „Was soll denn ein Hund in dieser Situation bewirken?"

Herr Kruse lächelte. „Es ist ein ausgebildeter Therapiehund, der ein sehr feines Gespür hat und Emotionen lösen kann. Insbesondere Kinder sprechen sehr gut auf ihn an."

Dr. Herberger mischte sich ein: „Bringen Sie Ihren Hund ruhig mit!"

„Es wäre auch nicht schlecht, wenn wir jemanden von der Notfallseelsorge hinzuziehen würden. Die haben ganz andere Erfahrungswerte, wie man mit einer solchen Lage umgehen kann. Wir sind mit dem allen ja selbst überfordert."

Dr. Herberger nickte. „Das ist eine sehr gute Idee. Haben Sie Kontakte zu jemandem?"

„Ja, ich kenne eine Frau, die sehr engagiert ist und die auch ein Händchen für Kinder hat."

„Gut, dann klären Sie das mit ihr! Wenn es keine Einwände gibt, würde ich sagen, dass jeder in seine Klasse zurückgeht und die Stunde zu Ende führt. In der Zwischenzeit holt Herr Kruse seinen Hund und bestellt diese Frau ein, und wir treffen uns alle gemeinsam mit den Kindern um 11.30 Uhr in der Turnhalle."

Er schaute sich im Kollegium um, es gab keine Widerrede, eher ein verunsichertes Sich-Fügen. Die Lehrkräfte standen auf, verließen den Raum und blieben im Flur in kleinen Grüppchen stehen, um ihr Entsetzen und ihre Hilflosigkeit zu äußern und sich gegenseitig zu ermutigen.

Der Rektor fasste den Sozialarbeiter am Arm: „Sie übernehmen dann nachher die Regie, Sie scheinen da ja einen gewissen Erfahrungsschatz zu haben." Ohne eine Antwort abzuwarten, verließ auch er den Raum und ging zurück in sein Büro.

Eine dreiviertel Stunde später saßen die Kommissare dem Staatsanwalt gegenüber und schilderten die weitere Entwicklung des Falles, einschließlich des Verdachts von Dr. Herberger.

Dr. Fischer schwieg einen Augenblick. „Das ist eine schwerwiegende Äußerung, von der ich, ehrlich gesagt, nur hoffen kann, dass sie sich nicht bewahrheitet. Aber Sie sagten ja schon, dass Sie sich mit den Kollegen austauschen wollen, die sich in der Szene auskennen. Die beiden Lehrkräfte waren befreundet, da gibt es mit Sicherheit auch eine Reihe anderer Überschneidungen, die es herauszufinden gilt."

„Deshalb wollen wir nochmal mit der Ehefrau von Herrn Linder sprechen. Bisher hatten wir beim Tod ihres Mannes vor allem das familiäre Umfeld im Blick, aber durch den Mord an seinem Freund hat sich die Lage drastisch geändert."

„Tun Sie das. Ich denke, um eine kurze Pressemitteilung kommen wir nun auch nicht mehr herum. Wir sollten uns allerdings auf die wenigen Fakten beschränken und keine Mutmaßungen äußern. Ich wäre dankbar, wenn Sie das Ihrem Pressesprecher vermitteln könnten."

Ute machte sich eine Notiz in ihrem schwarzen Buch und nickte. „Das sehe ich genauso. Wir verweisen darauf, dass wir während der laufenden Ermittlungen noch keine Details weitergeben können."

Sie packte ihr Buch in den Rucksack. „Ich denke, das war es im Moment. Wir bleiben in Kontakt."

Sie verabschiedeten sich, und Dr. Fischer öffnete ihnen die Tür. Im Vorbeigehen lächelten sie der Sekretärin zu und gingen zum Parkplatz.

„Wenn wir schon im Auto sitzen, dann lass uns doch gleich zu Marie fahren."

Dort angekommen mussten sie einen Augenblick warten, bis sich die Tür öffnete. Britta stand vor ihnen und schaute sie überrascht an. „Kommen Sie herein! Gibt es etwas Neues?"

Marie kam aus dem Schlafzimmer. Ein Lächeln umspielte ihre Lippen, das allerdings verschwand, als sie sah, wer eingetroffen war. Sie fasste sich wieder und begrüßte die Kommissare mit den Worten: „Er ist gerade eingeschlafen. Wollen Sie ihn kurz sehen?"

Alle drei folgten ihr leise zu der Holzwiege und schauten auf den kleinen Max, der friedlich atmete.

Sie gingen ins Wohnzimmer zurück, und Marie schloss vorsichtig die Tür.

„Er ist niedlich! Und Sie haben sich schon ein bisschen in der neuen Situation eingefunden?"

„Ja, es ist zwar alles ungewohnt und wir müssen erst einen Rhythmus finden. Ich bin so froh, dass Britta mich unterstützt. Leider muss sie morgen wieder nach Köln zurück, aber dann kommt Svenja für ein paar Tage."

Sie hielt inne: „Aber Sie sind bestimmt nicht gekommen, um zu sehen, wie es mir geht?"

„Nein, wir kommen mit einer schrecklichen Nachricht: Daniel Rüber wurde gestern Abend ermordet. Es deutet alles darauf hin, dass es der gleiche Täter war. Die Ermittlungen bekommen jetzt unter Umständen eine ganz neue Richtung. Deshalb sind wir hier, um

Sie zu bitten, dass Sie überlegen, ob Ihnen etwas einfällt, was die beiden verbunden hat und was für sie zum Verhängnis werden konnte."

Marie hatte die linke Hand vor den Mund geschlagen und sah sie mit weit aufgerissenen Augen an. „Daniel auch? Das ist ja furchtbar!"

Sie schlang die dicke Strickjacke enger um sich und saß wie erstarrt da.

Ute wollte ihr entgegenkommen: „Wissen Sie, ob die beiden neulich an der Demo auf dem Schlossplatz teilgenommen haben?"

„Ja, sie waren in der Stadt. Ich wollte Ralf abhalten, weil ich Angst hatte, dass vielleicht etwas passiert, aber er sagte: ‚Man darf seine Überzeugung nicht nur theoretisch weitergeben, es gibt auch Situationen, wo man aufstehen muss.' Ich war richtig erleichtert, als die beiden wieder zurück waren. Sie haben sich dann noch eine Weile in sein Arbeitszimmer zurückgezogen und einiges besprochen."

„Was war denn ein besonders wichtiges Thema für Ralf?"

Sie musste nicht lange nachdenken: „Ehrlichkeit! Es war ihm extrem wichtig, dass seine Schüler und Schülerinnen sich nicht durch's Leben mogeln, sondern ehrlich sind und zu dem stehen, was sie sagen und tun."

Das traf nicht ganz Utes Erwartung. „Und sonst, gab es etwas, das in der letzten Zeit für die beiden von Bedeutung war? Oder sogar eine Person, mit der sie sich besonders befasst haben?"

Marie wechselte einen Blick mit Britta und zuckte mit den Schultern. „Da habe ich keine Ahnung. Er hat zumindest über nichts Derartiges gesprochen. In letzter Zeit haben wir uns viel über unser Kind und die Zukunft unterhalten."

Britta schaltete sich ein: „Sie haben doch eine Menge Material aus seinem Arbeitszimmer mitgenommen. War denn da nichts dabei, das Ihnen weiterhilft?"

„Das Material ist das eine, aber jetzt geht es darum, Gemeinsamkeiten mit Daniel zu finden."

„Ich glaube, da sind wir im Moment keine große Hilfe, aber vielleicht fällt uns noch irgendetwas ein, dann melden wir uns."

Ute hatte den Eindruck, dass Britta ihre Schwägerin in der ohnehin angespannten Lage schützen wollte und stand auf.

„Vielen Dank und noch einen guten Tag!"

Die Kommissare verließen das Haus, und Alex sagte: „Wäre auch zu schön gewesen, um wahr zu sein." Mit einem Blick auf die Uhr ergänzte er: „Die meisten unserer Kollegen sitzen jetzt schon in der Kantine!"

„Habe verstanden, fahr los, damit wir nicht von den Resten leben müssen!"

Nicht allzu lange danach standen sie an der Essensausgabe. Mit dem gefüllten Tablett in der Hand schauten sie sich um. „Da hinten sitzen unsere EDV-ler. Mal sehen, ob sie inzwischen eine vernünftige Idee für unsere Weihnachtsfeier haben."

Ute ging voraus und setzte sich an den Tisch zu Martin und Thomas. „Guten Appetit! Na, wie sieht es mit Weihnachten aus?"

Die beiden Angesprochenen wechselten einen Blick, und Martin nickte mit vollem Mund Thomas zu.

„Die Feier steht, zumindest so gut wie! Damit man merkt, dass sie von der EDV organisiert wurde, haben wir uns einen kleinen Zugangscode ausgedacht, den man herausfinden muss. Das ist quasi wie eine Eintrittskarte, aber das werdet ihr dann nächste Woche schon sehen." Ein zufriedenes Grinsen machte sich auf seinem Gesicht breit.

Alex war begeistert: „Das klingt spannend! Und was ist, wenn man die Lösung nicht findet?"

Martin griff ein. In seiner Stimme lag so etwas wie gespielte Empörung: „Ihr arbeitet bei der Polizei, da werdet ihr doch so ein kleines Rätsel lösen!"

„Dann lassen wir uns überraschen." Alex schob sich ein paar Bratkartoffeln auf die Gabel und ließ es sich schmecken.

Nach der Mittagspause rief Ute bei einem Kollegen an, der sich in der rechten Szene auskannte. „Hättest du mal ein paar Minuten für uns? Dein Fachgebiet ist gefragt in Zusammenhang mit dem Mordfall, an dem wir gerade arbeiten."

„Wenn es nicht zu lange geht, und ich sofort kommen könnte, wäre es okay. Ich muss nachher noch zu einem Einsatz raus."

„Das passt perfekt! Vielen Dank, wir erwarten dich."

Sie mussten nicht lange warten, bis es an der Tür klopfte und ein kräftiger Mann in Uniform das Büro betrat. Er schaute sich um und nahm auf dem angebotenen Stuhl Platz.

Alex übernahm es, den Fall kurz zu schildern, und erwähnte insbesondere die Drohbriefe an die Schule und die beiden Morde. „Der Rektor hat nun überlegt, ob es einen Zusammenhang mit der rechten Szene geben könnte. Er ist sich nicht sicher, ob die beiden Lehrer neulich bei der Demo auf dem Schlossplatz waren. Was meinst du: Könnte da was dran sein? Gibt es in der hiesigen Szene Typen, die so etwas planen und umsetzen würden?"

Der Angesprochene musste nicht lange nachdenken. Er schüttelte den Kopf. „Da sind eine Reihe Leute dabei, die vor Gewalt nicht zurückschrecken. Für uns sind solche Auftritte kein Vergnügen, da bleibt es mitunter nicht beim Anpöbeln, da kann es kräftig zur Sache gehen. Aber was du da schilderst, ist etwas völlig anderes. Da geht es um einen sorgfältig ausgetüftelten Plan. Das wäre ein ganz neues Vorgehen. Nein, das kann ich mir nicht vorstellen. Die Typen, die ich hier erlebe, hauen spontan drauf."

Ute mischte sich ein. „Und da gibt es auch keine übergeordnete Organisation, die vielleicht so etwas wie ein Zeichen setzen will?"

„Für wen sollte es denn eine Wirkung zeigen? Dann müsste man die Morde ja offen bekennen, und damit würde man sich doch ins eigene Knie schießen. Nein, vergesst es, da gibt es mit Sicherheit keinen Zusammenhang."

„Wenn du das mit einer solchen Bestimmtheit sagst, wollen wir dich nicht länger aufhalten. Vielen Dank!"

„Alles gut!" Und schon stand der Polizist auf und verließ das Büro wieder.

Alex griff zu seiner Schneekugel und schüttelte sie langsam.

Ute beobachtete ihn und sagte: „Du kannst zum Fenster rausschauen, da siehst du auch Schneeflöckchen!"

„Das ist nicht das gleiche!"

„Ich rufe jetzt mal Herrn Eberhard an. Vielleicht hat er spontan Zeit, um mit uns über die Umstände des Tathergangs nachzudenken." Sie wählte seine Nummer.

„Eberhard, guten Tag."

„Hallo Herr Eberhard, hier spricht Ute Becker. Heute Vormittag waren wir bei einer zweiten Leiche. Die Umstände waren etwas merkwürdig. Haben Sie zufällig Zeit, um die Lage mit meinem Kollegen und mir zusammen zu beleuchten? Vielleicht haben Sie eine Erklärung für das, was nicht so recht zusammenpassen will."

„Sie meinen, ich soll zu Ihnen ins Präsidium kommen?"

„Wir können natürlich auch bis heute Abend warten, wenn es für Sie im Moment nicht geht."

„Doch, doch, das ist gar kein Problem, und dann lerne ich auch mal Ihren Kollegen kennen. Ich mache mich sofort auf den Weg."

„Das ist furchtbar nett, vielen Dank. Bis gleich."

Sie wandte sich Alex zu: „So ist er! Er wird dir gefallen. Ich frage noch kurz bei Gerd nach, ob es etwas Neues gibt, was uns weiterhelfen könnte, auch wenn ich es mir nicht vorstellen kann."

Und so war es dann auch. Er bestätigte, was er bereits am Tatort gesagt hatte: Das Vorgehen glich exakt dem ersten Mord, und es wurden keinerlei Fingerabdrücke eines Fremden gefunden.

Marie saß auf dem Sofa und stillte den kleinen Max. Ihr Blick war nachdenklich, als sie Britta ansprach. „Meinst du, Klaus könnte etwas damit zu tun haben?

„Wie kommst du denn darauf? Warum sollte Klaus den Freund von Ralf töten?"

„Keine Ahnung, ich überlege halt nur, ob es so sein könnte. Wenn nicht, dann müsste er doch jetzt als unschuldig gelten, oder?"

„Das hoffe ich in jedem Fall!" Sie wollte Marie nichts von ihrer eigenen Angst erzählen. „Weißt du, ob er ihn überhaupt kannte?"

„Ja, Ralf hat die beiden vor ein paar Wochen zusammengebracht, weil Daniel irgendein Problem mit dem Dachstuhl hatte. Das läuft zwar über die Gartenstadt, aber er wollte schon mal vorab eine Meinung von jemandem hören, der sich damit auskennt."

„Hättest du das nicht vorhin der Polizei erzählen müssen?"

„Ich war so schockiert, dass ich gar nicht dran gedacht habe, aber jetzt kam es mir in den Sinn. Meinst du, wir sollen dieser Frau Becker anrufen?"

Britta hatte bereits das Visitenkärtchen in der Hand, das schon seit Sonntag auf dem Wohnzimmertisch gelegen hatte. Sie tippte die Nummer in ihr Smartphone, wartete, bis sich Ute meldete und gab weiter, was Marie gerade überlegt hatte. Nachdem sich die Kommissarin bedankt hatte, war das Gespräch beendet und Britta wandte sich wieder an ihre Schwägerin: „Zufrieden?"

Marie nickte dankbar. „Ich bin so froh, dass du noch da bist! Schade, dass du morgen nach Köln zurückmusst, es war so vertraut mit dir. Mit deiner Freundin hast du dieses Mal ja nicht viel Zeit verbracht."

„Das waren ja auch ganz besondere Umstände!" Sie nahm Marie in den Arm und hielt sie einen Augenblick schweigend. Nachdem sie sich beide wieder gefasst hatten, sagte sie: „Ich hätte mir auch nie träumen lassen, dass ich mal so etwas wie eine Geburtshelferin werde!" Ihr Blick ruhte liebevoll auf Max.

Mit einem tiefen Seufzer erwiderte Marie: „Ich weiß nicht, wie ich das alles ohne dich geschafft hätte!"

Herr Eberhard betrat das Büro und wandte sich an Alex. „Guten Tag, mein Name ist Eberhard, und Sie müssen Alex Weingärtner sein. Ich habe schon viel von Ihnen gehört, aber das beruht bestimmt auf Gegenseitigkeit." Er stellte eine Tüte selbstgebackener Weihnachtsplätzchen auf den Tisch. „Meine Frau meinte, dass etwas Nervennahrung nicht schaden könne."

Damit hatte er Alex umgehend für sich gewonnen.

Ute lächelte. „Schön, dass das so schnell geklappt hat. Ihren Mantel können Sie gern ablegen."

Herr Eberhard zog den Mantel aus und hing ihn, zusammen mit seinem Schal, an den Haken. Danach setzte er sich und schaute sich ein wenig um. „Ich freue mich, dass ich endlich einmal eine klarere Vorstellung von Ihrem Arbeitsplatz habe. Es ist ein schönes und zweckmäßiges Büro, hier kann man bestimmt gut arbeiten. Aber nun bin ich natürlich gespannt, warum Sie mich gebeten haben, vorbeizukommen."

„Ich hatte ja schon erwähnt, dass es eine zweite Leiche gibt. Es handelt sich um den Freund von Ralf, von dem ich Ihnen auch bereits berichtet habe. Er heißt Daniel und wohnt in der Gartenstadt. Er wurde auf die gleiche Weise ermordet wie Ralf, aber in seiner Wohnung war ein heilloses Durcheinander, das entweder auf einen Einbruch hinweisen soll, oder der Mörder hat etwas gesucht. Und jetzt sind wir bei dem Punkt, der irritierend ist. Aber vorher muss ich noch etwas einschieben: Der Rektor hat heute einen Drohbrief erhalten, in dem der Schreiber androht, in der Schule aufzuräumen. Dr. Herberger hat überlegt, ob es sich um jemanden aus der rechten Szene handeln könne, denn Ralf war, gerade als Geschichtslehrer, in dieser Hinsicht sehr engagiert. Er sagte, dass sich Geschichte nicht wiederholen dürfe. Von seiner Frau wissen wir inzwischen, dass er mit Daniel zusammen bei einer entsprechenden Demo war. Allerdings können wir diese Szene mit großer Wahrscheinlichkeit ausschließen, nachdem wir mit einem Kollegen gesprochen haben, der sich immer wieder in diesem Milieu aufhalten muss."

Sie machte eine kurze Pause und nahm dann den Faden wieder auf. „Zurück zu unserem Mordopfer. Auf dem Drohbrief waren keinerlei Fingerabdrücke, außer natürlich die von Dr. Herberger, der den Brief geöffnet und aus dem Umschlag geholt hat. Und auch am Tatort wurden von der Spurensicherung keine Abdrücke gefunden, das heißt, der Täter ging sehr umsichtig vor. Warum dann aber das Chaos in der Wohnung? Warum geht er einerseits exakt vor wie beim ersten Mord und veranstaltet andererseits so etwas wie ein Ablenkungsmanöver, oder soll es gar keines sein? Das passt doch hinten und vorne nicht zusammen!"

Herr Eberhard schwieg noch einen Augenblick, bevor er antwortete. „Zunächst stellt sich die Frage, ob der Täter auf etwas hinweisen will. Sehr überspitzt könnte man sagen: Wenn es sich um die rechte Szene handelt, hat er vielleicht bewusst die rechte Halsschlagader eröffnet, aber diese Richtung haben Sie ja bereits ausgeschlossen."

Ute und Alex wechselten einen Blick. So hatten sie es beide bisher nicht betrachtet.

„Sie hatten doch früher mal erwähnt, dass ein Täter unter Umständen einen Tatort ‚gestaltet'! Das hatte mich damals so beeindruckt, dass es bei mir haften blieb." Ein kleines Lächeln erschien auf seinem sonst so konzentrierten Gesicht. „Hier handelt es sich aber um zwei völlig verschiedene Tatorte, wobei wir nicht wissen, wo Ralf umgebracht wurde, aber auf keinen Fall in seiner Wohnung. Jetzt ist die Frage, ob das Chaos geplant war, oder ob es eine andere Ursache hat."

Er hielt kurz inne. „Er könnte gestört worden sein, aber das ist wohl eher unwahrscheinlich nach dem, was Sie von den Nachbarn berichtet haben. Es bleiben zwei Möglichkeiten: Er wollte damit etwas aussagen, oder er ist ausgerastet. Vielleicht weil etwas nicht nach seinem Plan lief, oder weil er selbst mit der Situation nicht mehr zurechtkam."

Alex brummte: „Soweit waren wir auch schon."

Utes Blick kam einer Rüge gleich, aber Herr Eberhard lenkte ein: „Das glaube ich Ihnen gerne, ich versuche ja nur, mich heranzutasten. Wenn ich sage, der Täter könnte eine gespaltene Persönlichkeit haben, ist das für Sie mit Sicherheit auch keine Überraschung. Interessant wäre, ob ihm im Nachhinein das Chaos peinlich ist, weil es nicht zu dem passt, was er sonst nach außen zeigt, aber das werden Sie wohl erst herausfinden, wenn Sie ihm im abschließenden Verhör gegenübersitzen."

„Ein interessanter Aspekt! Darüber habe ich noch gar nicht nachgedacht."

Alex nahm einen kleinen Lebkuchen aus der Tüte und murmelte: „Mmh, köstlich."

„Das gebe ich gerne an meine Frau weiter. Vielleicht können wir mal versuchen, Ihre Verdächtigen zu betrachten. Wenn ich es recht verstanden habe, ist Klaus wieder im Spiel, nachdem was Sie von Marie gehört haben."

Ute antwortete: „Ja, es könnte ein Ablenkungsmanöver sein. Der Fokus ist nun ja eindeutig auf die Schule gelenkt und damit weg von den Familienangelegenheiten."

„Trauen Sie ihm das zu? Hat er die nötige Raffinesse für einen solchen Plan?"

„Das ist schwer zu sagen. Er ist bestimmt nicht der Denker wie sein Bruder, aber dumm ist er auch nicht."

„Und die Brutalität der Ausführung?"

„Nun, wer es schafft, seinen eigenen Bruder umzubringen, der schreckt vor einem Freund nicht zurück. Da hätte ich wenig Bedenken. Und bei ihm könnte ich mir gut vorstellen, dass er dann doch nicht mehr Herr der Lage ist und seinen ganzen Frust herauslässt, was zu diesem Chaos führte."

Alex warf ein: „Das ist der Punkt, an dem es schwierig ist mit dem Rektor. Zu ihm passt das Chaos überhaupt nicht."

„Auch das könnte ein Ablenkungsmanöver sein. Aber da müsste es etwas gegeben haben, was den ursprünglichen Konflikt ausgelöst hat und zwar in einer Weise, die nicht kommunikativ zu klären war."

„In seinem Notebook haben wir nichts gefunden, was in irgendeine Richtung außergewöhnlich wäre. Bei seinen Papierunterlagen frage ich mich immer noch, ob die Mappe, die mit ‚P' bezeichnet war, eine tiefere Bedeutung hat. Ich denke, ich gebe sie unserer EDV, vielleicht können die den Text mal durchlaufen lassen und stoßen auf etwas, was uns beim einfachen Lesen nicht auffällt."

Herr Eberhard nickte. „Das wäre eine Möglichkeit. Wir kommen im Moment wohl nicht viel weiter. Es tut mir leid, wenn ich keine allzu große Hilfe war, aber ich freue mich, dass ich Ihr Arbeitsumfeld etwas kennengelernt habe."

Ute widersprach: „Doch, es war schon hilfreich, die Lage mal von verschiedenen Seiten zu betrachten. Danke, dass Sie sich die Mühe gemacht haben."

„Gerne, und wir können uns dann ja wieder zu den gewohnten Zeiten zum Austausch treffen."

Er stand auf, nahm Schal und Mantel vom Haken, verabschiedete sich und verließ das Büro.

„Wirklich nett, dein Herr Eberhard", sagte Alex. „Und vor allem auch seine Frau!"

Frau Stiegelmaier klopfte kurz und sagte von der Tür aus: „Die Kollegin aus Hornberg hat sich gemeldet und um einen Rückruf gebeten, als sie hörte, dass Sie im Moment nicht zu sprechen sind."

„Vielen Dank, das erledige ich sofort."

Ute wählte die Nummer und war gespannt, ob sich etwas Neues ergeben würde, hatte aber keine allzu großen Erwartungen.

„Danke, dass Sie zurückrufen. Wie Sie sich denken können, waren die Eltern völlig schockiert über die Nachricht vom Tod ihres Sohnes. Er hatte mit ihnen über nichts Besorgniserregendes gesprochen, im Gegenteil: Beide Parteien freuten sich auf gemeinsame Tage im Schwarzwald in den Weihnachtsferien. Dass es ausgerechnet vor Weihnachten passiert ist, macht die Sache natürlich noch dramatischer. Ich habe eine Frau vom Kriseninterventionsdienst dort gelassen, mit der wir sehr gerne zusammenarbeiten. Das war es dann auch schon von unserer Seite und hilft Ihnen in der Ermittlung nicht wirklich weiter."

„Nun, zumindest hört es sich an, als ob Daniel sich nicht akut bedroht fühlte, sonst hätte er sich wahrscheinlich anders geäußert. Danke für Ihre Mithilfe!"

„Ich wünsche Ihnen viel Erfolg, und wenn wir noch irgendwie helfen können, melden Sie sich gerne wieder. Ansonsten auch schöne Feiertage, falls Sie bis dahin Freiraum haben!"

„Danke, Ihnen auch, auf Wiederhören."

Alex nahm die Schneekugel in die Hand, zog die Augenbrauen hoch, schaute seine Kollegin fragend an und hielt sie in ihre Richtung.

„Okay, gib schon her, daran kann man sich ja gewöhnen."

„Vielleicht wäre das ein Geschenk für dich zu Weihnachten?" Ein leichter ironischer Unterton war nicht zu überhören.

„Kommt auf das Motiv in der Kugel an!"

Sie schaute einen Moment den Schneeflöckchen zu, gab die Kugel zurück und stand auf. „Ich bringe jetzt die Mappe P in die EDV, vielleicht steckt da doch mehr drin, als auf den ersten Blick zu lesen ist." Ute hatte diesen Satz so energisch gesagt, als wolle sie sich selbst Mut und Hoffnung zusprechen. Sie nahm die Mappe, die seitlich auf ihrem Schreibtisch gelegen hatte, und verließ das Büro.

Es dauerte nicht lange, bis sie wieder zurück war. „Wir könnten nochmal bei Klaus vorbeischauen. Dass er neulich auch mit Daniel Kontakt hatte, ist ja schon merkwürdig."

Alex hatte keine Einwände, und so machten sie sich wieder auf den Weg. Draußen war es inzwischen dunkel geworden, so kamen die adventlichen Lichterketten über den Straßen und in den Gärten besonders schön zur Geltung.

Klaus war überrascht, als sie bei ihm läuteten. Seine Begrüßung fiel nicht gerade freundlich aus. „Sie schon wieder? Was gibt es denn jetzt noch?"

„Dürfen wir kurz hereinkommen?"

Unwillig rückte er ein Stück zur Seite und gab so den Weg frei ins Wohnzimmer, wo sie wie beim ersten Treffen auf den beiden Sesseln Platz nahmen.

„Wo waren Sie gestern Abend?"

Entweder war er wirklich verwundert oder er konnte es gut zum Ausdruck bringen. „Soll ich jetzt ein tägliches Protokoll abgeben, oder was wollen Sie von mir?"

„Was sagt Ihnen der Name Daniel Rüber?"

„Daniel Rüber?" Er überlegte kurz und erwiderte dann: „Das ist der Freund von Ralf. Er hat mich wegen einer Reparatur an seinem Dachstuhl befragt, ist schon eine Weile her. Aber warum kommen Sie damit? Ich kapier das alles nicht."

„Er wurde ermordet aufgefunden."

„Ah, verstehe, jetzt bin ich wieder verdächtig! Da müssen Sie aber ganz schön Phantasie aufbringen, um mir etwas nachzuweisen."

Alex wurde ungeduldig: „Sagen Sie uns doch einfach, wo Sie gestern Abend waren, dann hat sich das Ganze vielleicht sehr schnell erledigt. Gab es wieder etwas auf Eurosport?"

„Sie haben ein gutes Gedächtnis! Ja, und ein Bier dazu!"

„Und auch dieses Mal keine Zeugen?"

„So ist es!" Obwohl diese Aussage nicht entlastend für ihn war, lag doch so etwas wie Zufriedenheit in seiner Stimme, vielleicht schwang auch ein Anflug von Trotz mit.

Ute hatte ihr schwarzes Buch erst gar nicht ausgepackt und stand auf. „Gut, dann wollen wir Sie nicht länger aufhalten. Sicher hält der heutige Abend ein interessantes Programm für Sie bereit! Wir finden alleine raus, entschuldigen Sie die Störung und auf Wiedersehen."

Im Auto sagte sie zu ihrem Kollegen: „Es war ja nicht anders zu erwarten. Entweder hat er gut gespielt, oder er hat tatsächlich nichts mit der Sache zu tun. Setzt du mich zu Hause ab? Heute kommen wir nicht mehr weiter, und es ist ja auch schon recht spät."

Alex zwinkerte ihr zu: „Ja, du solltest rechtzeitig zur Tagesschau daheim sein." Er startete den Wagen und hielt später bei der vertrauten Adresse an.

Ute bedankte sich und schloss die Haustür auf. Ein Duft weihnachtlicher Bäckerei schlug ihr entgegen, eine Mischung aus Zimt, Vanille und Gewürzen. Sie warf einen Blick in den Briefkasten, der eine beachtliche Menge an Werbung für Weihnachtsutensilien bereithielt, obwohl ein Aufdruck den Einwurf von Werbung untersagte. Sie zuckte mit den Schultern und warf die Prospekte in die Altpapierschachtel, die direkt hier bereitstand.

Sie wollte gerade die Treppe hochsteigen, als sich die Wohnungstür öffnete und Leonie und Torben mit leuchtenden Augen auf sie zukamen.

Leonie hielt einen bunten Teller in der Hand und strahlte: „Wir haben heute Weihnachtsplätzchen gebacken, und die sind für dich!"

Torben ergänzte: „Ich habe auch geholfen!"

Leonie flüsterte ihr zu: „Er hat die krummen Sterne ausgestochen."

Ute war gerührt: „Das habt ihr toll gemacht, vielen Dank, da freue ich mich drauf! Grüßt auch eure Mama! Ihr müsst bestimmt gleich ins Bett, tschüss!"

Die beiden winkten ihr nach, als sie die ersten Stufen nahm. In ihrer Wohnung stellte sie Wasser für einen Adventstee auf, zündete eine Kerze an und probierte einen der „krummen Sterne".

Freitag

Frau Stiegelmaier fing Ute auf dem Weg zum Büro ab. „Guten Morgen Frau Becker! Das soll ich Ihnen von der EDV-Abteilung übergeben mit der dringenden Bitte, sich sofort dort zu melden."

Nur der Inhalt der Worte konnte Ute von der schrillen Stimme ablenken, die ihr vor allem morgens zu schaffen machte. Sie nahm die Mappe mit dem „P" entgegen, legte ihre Sachen im Büro ab und wollte gerade losgehen, als Alex im Büro eintraf.

„Du kommst gerade noch rechtzeitig! Die EDV-ler wollen mit uns sprechen. Ich bin sehr gespannt, was sie herausgefunden haben."

Thomas saß mit Martin in dessen Büro, sie waren ins Gespräch vertieft, als die beiden Kommissare nach einem kurzen Klopfen durch die offene Tür eintraten.

Nach der Begrüßung setzten sie sich, und Martin begann: „Wir haben gestern für euch eine Abendschicht eingelegt, da wir davon ausgingen, dass es mit dieser Mappe etwas auf sich haben muss. Es dauert halt einige Stunden, bis der ganze Vorgang abgeschlossen ist: Wir haben die Seiten eingescannt und einer maschinellen Texterkennung unterzogen, danach haben wir sie mit einer Plagiatssoftware überprüft."

Ute unterbrach ihn: „Du meinst „P" wie „Plagiat", nicht wie „Persönlich"? Darauf hätten wir selbst kommen können!"

„Nun ja, so ergänzt man sich. Und du hast recht: Es handelt sich um die Dissertation von Julius Herberger, und die angeleuchteten Stellen sind Texte aus anderen Quellen, aber ohne Quellenangabe."

Einen Moment herrschte völlige Stille im Raum. Ute wechselte einen Blick mit ihrem Kollegen. „Wenn ich mir vorstelle, dass Ralf Linder mit dieser Mappe seinem Chef gegenübertritt und ihn des Betrugs überführt, brauche ich nicht viel Phantasie, mir vorzustellen, wie Dr. Herberger reagiert, dem sofort klar wird, dass er die längste Zeit *Dr.* Herberger war."

Es brach aus Alex heraus: „Das ist der Hammer! Er sieht seinen Doktortitel schwinden, greift nach dem nächstbesten Gegenstand und macht den Gegner mundtot. Ich fasse es nicht! Habe ich es nicht gesagt, dass er mir nicht so recht sympathisch ist?"

„Beruhige dich wieder, wir müssen jetzt systematisch vorgehen! Ich denke, wir sprechen zunächst mit dem Staatsanwalt und machen uns dann wieder auf zur Schule. Bewiesen ist noch gar nichts, und wie der Tod von Daniel Rüber dazu passt, wissen wir auch noch nicht. Es kann sein, dass wir uns auf sehr dünnem Eis bewegen."

Ute wollte schon aufstehen, als sie kurz innehielt. „Was hat es dann aber mit den Drohbriefen auf sich? Wenn das Ganze ein Ablenkungsmanöver sein sollte, müsste sie der Rektor selbst geschrieben haben, oder er hat jemanden, der mit ihm unter einer Decke steckt."

„Da muss ich nicht lange nachdenken: die Sekretärin! Die ist ihm doch völlig ergeben."

Thomas mischte sich ein: „Bringt uns ruhig irgendwelche Laptops. Selbst wenn die Briefe wieder gelöscht wurden, werden wir sie rekonstruieren. Ihr wisst ja: Das ist die Sache mit den Spuren, die man hinterlässt!"

Ute nickte und drehte sich unter der Tür nochmal um. „Und übrigens: Super Arbeit! Vielen Dank für die Extraschicht, die hat sich gelohnt!"

„Für euch doch immer gern!"

Frau Gros verband die Kommissarin mit Herrn Dr. Fischer. Er hörte sich ihre Schilderung aufmerksam an, ohne zu unterbrechen. Nachdem sie ihren Bericht beendet hatte, antwortete er: „Plagiarismus ist kein Kavaliersdelikt. Es ist ein schwerwiegender Verstoß und bedeutet nicht nur die Aberkennung des akademischen Grades, sondern es könnte auch eine Anzeige erstellt werden wegen Urheberrechtsverletzung mit einem Bußgeld in bis zu sechsstelliger Höhe."

„Wenn wir ihm den Mord nachweisen können, wäre der Titel und das Bußgeld für ihn eher nebensächlich."

Alex warf ein: „Denk an seine Frau! Die wird nicht daran interessiert sein, dass nicht nur der Ehemann, sondern auch das Vermögen dahinschwindet."

Dr. Fischer fragte: „Wie wollen Sie weiter vorgehen?"

„Wir werden ihn mit dem Vorwurf konfrontieren und sehen, wie er reagiert. Und wenn er keine absolut überzeugende Erklärung hat, würden wir ihn wegen Fluchtgefahr zumindest vorübergehend festnehmen."

„Sie haben meine volle Unterstützung!"

Ute bedankte sich und versprach, sich wieder zu melden, wenn es Neues zu berichten gäbe. Nachdem sie aufgelegt hatte, schaute sie Alex an: „Also, auf zur Schule!"

Als sie dort ankamen, bot sich das gleiche Bild wie schon am Tag zuvor: Journalisten, die in eine Kamera schauten und über ein Mikrophon einem Publikum der Region die furchtbare Lage hier an der Schule schilderten. Kaum waren die Kommissare zu sehen, stürzte eine Reporterin mit Mikro auf sie zu und fragte: „Gibt es neue Erkenntnisse? Was können Sie unseren Zuschauern sagen?"

Ute antwortete freundlich aber bestimmt: „Nehmen Sie gerne Kontakt zu unseren Pressesprechern auf, aber behindern sie uns bitte nicht in unserer Arbeit. Und nun geben Sie den Weg frei!"

Die beiden gingen durch die Menge hindurch und stiegen die Treppe zum Sekretariat des Rektors hinauf.

„Guten Morgen, wir würden gerne mit Dr. Herberger sprechen."

Die Sekretärin schaute sie bekümmert an. „Er ist heute nicht gekommen, da er mit einer Erkältung kämpft. Die letzten Tage waren wohl doch etwas zu viel für ihn. Sie machen sich keine Vorstellung, was hier abgeht: Das Telefon steht nicht mehr still, Eltern machen sich Sorgen um ihre Kinder, die Presse fragt ständig nach neuen Ergebnissen… Man kommt nicht mehr zu seiner normalen Arbeit und hat obendrein ein schlechtes Gewissen, weil man nicht helfen kann."

„Dann geben Sie uns bitte seine Adresse."

„Aber Sie können doch nicht…"

Alex schnitt ihr das Wort ab: „Doch, wir können!"

Sie wechselte einen Blick mit Ute, die mit ernster Miene nickte. Daraufhin öffnete sie ein kleines Karteikästchen, entnahm ihm die private Visitenkarte ihres

Chefs und reichte sie weiter. Man sah ihr an, dass ihr dabei nicht wohl zumute war.

Die Kommissare bedankten sich und ließen sie unsicher zurück.

Alex schaute sich das Kärtchen an und fuhr los. „Jetzt müssen wir uns beeilen, denn sie informiert ihn doch bestimmt."

„Ja, das denke ich auch. Es kann sein, dass er einen Konflikt durchmacht: Er weiß nicht, wie weit wir mit unseren Ermittlungen sind, das heißt er würde sich verdächtiger machen, wenn er flieht. Wenn er zu Hause bleibt, kann er an seiner bisherigen Position festhalten und den Unschuldigen spielen. Mal sehen, wie wir ihn antreffen."

Sie brauchten nicht lange, bis sie vor dem Bungalow mit großem Garten und Doppelgarage standen. Alex parkte den Wagen direkt vor einer der Garagen. An der Haustür war eine Überwachungskamera angebracht, die ganze Atmosphäre wirkte wenig einladend.

Ute läutete. Nachdem von innen nichts zu hören war, läutete sie ein zweites Mal. Aus der Gegensprechanlage klang die Stimme des Rektors: „Ja bitte?"

„Herr Dr. Herberger, machen Sie bitte auf, hier stehen die Ihnen vertrauten Kommissare."

Die Tür wurde geöffnet. Vor ihnen stand Dr. Herberger, der über seinem weißen Hemd eine dunkelblaue Strickweste trug und ein Tuch um den Hals geschlungen hatte. In der Hand hielt er ein Päckchen Taschentücher. Ute zweifelte an seiner „Erkältung", bewunderte aber seine Bemühung, eine solche darzustellen.

„Es tut mir leid, mir geht es heute nicht besonders gut, deshalb habe ich beschlossen, einen Tag zu Hause einzulegen, damit ich nächste Woche wieder fit bin. Es wäre mir recht, wenn wir uns kurzfassen könnten."

„Zunächst würden wir einfach gerne reinkommen, zumal es für Sie viel zu kalt ist hier zwischen Tür und Angel."

Er trat einen Schritt zur Seite und ließ sie eintreten. Er führte sie ins Wohnzimmer: sehr geräumig, mit teuren Designermöbeln ausgestattet, große Kunstwerke an den Wänden, aber ohne persönliche Ausstrahlung.

Utes Blick fiel auf einen schwarzen Ofen, in dem Holzscheite brannten. „Das ist ja ein schöner Ofen! Lassen Sie das Holz liefern?"

Der Angesprochene war überrascht. „Nein, das hole ich selbst ab."

„Dann haben Sie vermutlich einen größeren Wagen?"

„Warum fragen Sie? Ich habe einen Volvo XC 40."

Ute schaute kurz in Richtung ihres Kollegen und formte mit den Lippen ein „Spu". Er verstand sie sofort, ging zurück in den Flur und forderte telefonisch jemanden von der Spurensicherung an.

„Nun aber zum Grund unseres Besuches. Kann es sein, dass Ralf Linder Ihnen Diebstahl geistigen Eigentums in Ihrer Doktorarbeit vorgeworfen hat?"

„Wie kommen Sie denn darauf? Das ist ja völlig absurd!" Als ob er die Aussage unterstreichen wollte, schnäuzte er in sein Taschentuch.

„Wir wissen, dass er Ihre Arbeit sehr sorgfältig geprüft hat, und seine Frau hat uns versichert, dass Ehrlichkeit für ihn eines der ganz elementaren Themen war."

„Und was wollen Sie mir nun damit sagen?"

„Dass Sie des Mordes an Ralf Linder verdächtigt sind!"

„Und was ist mit dem Drohbrief? Haben Sie vergessen, dass man mir gedroht hat und dass es einen weiteren Toten gab?"

„Nein, das haben wir keineswegs vergessen. Und wenn Sie schon davon sprechen, möchte ich Sie bitten, uns Ihren Laptop und auch Ihr Tablet zur Verfügung zu stellen, damit unsere EDV-Abteilung beides überprüfen kann."

„Ich weiß zwar nicht, was Sie sich davon versprechen, aber bitteschön, das können Sie haben."

Er verließ den Raum und kam kurz darauf mit den beiden gewünschten Stücken zurück und legte sie auf dem Couchtisch ab. Er schaute Ute fragend an, die in ihrem Sessel saß und die Beine übereinandergeschlagen hatte, als ob sie alle Zeit der Welt hätte.

„Wie geht das jetzt weiter?"

„Jetzt warten wir!"

Er schien vollständig verwirrt. „Was heißt das, jetzt warten wir?"

„Genau das, was es bedeutet: Wir warten. In wenigen Minuten wird die Spurensicherung hier sein und Ihren Wagen überprüfen, dann sehen wir weiter."

Tatsächlich läutete es bereits an der Tür, und Alex öffnete. Gerd stand mit seinem Koffer vor ihm und schaute ihn erwartungsvoll an.

Alex ging zu Dr. Herberger. „Wenn Sie uns den Autoschlüssel geben und die Garage öffnen würden?! Ich hoffe, unser Wagen steht nicht im Weg."

Dr. Herberger nahm von einem Bord den entsprechenden Schlüsselbund und drückte auf einen automatischen Türöffner, sodass sich die Garage lautlos öffnete und den Zugang zu einem schwarzen SUV freigab.

Gerd ging auf das Auto zu und schaute in den Kofferraum. Er entnahm einige Proben, die er in kleine Plastiktütchen steckte und in seinem Koffer verstaute. Er brachte den Autoschlüssel zurück und wandte sich an die Kommissare: „Ich melde mich, aber ich kann schon jetzt sagen, dass es gut aussieht."

Ute ging einen Schritt auf Dr. Herberger zu: „Dann würde ich sagen, dass Sie ein Päckchen Taschentücher mitnehmen – Sie sind vorläufig festgenommen! Das wäre jetzt der Moment, in dem Sie einen Anwalt hinzuziehen könnten."

Der Rektor schien einen Augenblick sprachlos, fasste sich dann aber wieder und sagte mit Bestimmtheit: „Ich benötige keinen Anwalt, ich kann für mich selbst sprechen. Aber dürfen Sie das einfach so? Brauchen Sie da nicht einen Durchsuchungsbeschluss und einen Haftbefehl?"

„Es ist alles bereits mit der Staatsanwaltschaft abgesprochen. Folgen Sie uns bitte."

Er zögerte noch etwas, gab sich dann aber einen Ruck, straffte seine Schultern, nahm seinen Mantel, verließ mit den Kommissaren das Haus und schloss die Tür ab.

Die Fahrt verlief schweigend, bis Utes Handy klingelte. Es war Gerd: „Wir haben eine eindeutige Übereinstimmung. Die Holzsplitter, die wir bei Ralf gefunden hatten, sind identisch mit denen aus dem Wagen."

„Danke, dass das so rasch gegangen ist! Dann sind wir ja jetzt auf der sicheren Seite."

Im Präsidium brachte Alex Laptop und Tablet in die EDV-Abteilung, Ute führte den Rektor ins Verhörzimmer und verständigte Frau Stiegelmaier. Sie bot

Dr. Herberger ein Glas Wasser an und nahm dann ihm gegenüber Platz. Alex kam herein, schaltete das Mikrophon ein und setzte sich neben sie.

Nachdem die allgemeinen Daten aufgesprochen waren, schaute Ute den Rektor direkt an. Er hielt ihrem Blick stand.

„Die Spurensicherung hat bestätigt, dass Ralfs Leiche in Ihrem Wagen transportiert wurde. Es hat also keinen Sinn, die Tat zu leugnen. Aber wir interessieren uns natürlich dennoch für die näheren Umstände, das Wie und Warum."

Als Dr. Herberger zu sprechen begann, hatte sie den Eindruck, dass sich eine Änderung in ihm vollzogen hatte und eine Maske abfiel. „Sie machen sich keine Vorstellung, was ich alles investiert hatte, um diesen Posten zu bekommen! Jahrelang habe ich dafür gekämpft, eine Stelle als Schulleiter zu bekommen, und hatte schließlich in Karlsruhe Glück. Es war eine gute Zeit, und ich hatte ein Kollegium, auf das ich mich verlassen konnte, auch wenn einige Lehrkräfte sich für einen Wechsel entschieden haben."

Er machte eine Pause und trank einen Schluck Wasser.

„Herr Linder war von Anfang an schwierig, er ging unbeirrt seinen eigenen Weg und versuchte immer wieder, meine Autorität zu untergraben. Er war eine ständige Herausforderung für mich und widersetzte sich, wo immer er konnte."

Er kniff die Augen zusammen. „Und dann kommt dieser Schnösel mit seiner ewigen Ehrlichkeitsmasche und konfrontiert mich mit meiner Doktorarbeit. Es war die reine Provokation."

Er zuckte mit den Schultern, als ob er gar keine andere Wahl gehabt hätte: „Da muss er sich nicht wundern, wenn ich ihm klarmache, dass ich nicht länger bereit bin, mir das anzuhören! Es war wie ein Reflex, dass ich den Kerzenständer nahm und sich die ganze angestaute Wut auf ihm entlud."

Das Bild schien ihm vor Augen zu sein. „Da lag er, er war noch nicht tot, aber nicht mehr bei Bewusstsein. Ich habe gewartet, bis es dunkel war, das ist in diesen Tag ja recht früh der Fall. Dann habe ich ihn mit dem kleinen Handkarren, mit dem ich auch das Holz vom Wagen zum Ofen bringe, zur Garage gebracht, in den Kofferraum gehoben und bin zum *Ober*-wald gefahren. Das ging mir in der Wartezeit so durch den Kopf, dass ich ihm nochmal zeigen wollte, wer hier eigentlich *oben* ist!"

Fast hatte es den Eindruck, als ob sich ein zufriedenes Lächeln auf seinem Gesicht zeigen wollte.

„Dort habe ich dann den Schlusspunkt unter diese Geschichte gesetzt."

Die Kommissare waren erschüttert über die Art und Weise, wie er das Ganze geschildert hatte und brauchten einen Moment, bevor die Frage kam: „Und warum auch noch Daniel Rüber?"

„Daran sind in gewisser Weise Sie schuld! Sie haben mir vermittelt, dass Sie mir auf der Spur sind, und so war ich gezwungen, der Sache eine andere Richtung zu geben und habe versucht, Sie in die rechte Szene zu locken, was mir offensichtlich nicht gelungen ist."

„Sie geben also zu, den Drohbrief selbst geschrieben zu haben?"

„Dazu sage ich nichts!"

„Es ist auch nicht nötig, wir werden eine Information von der EDV bekommen."

„Die wird nichts finden."

„Das lassen wir mal so stehen und kommen später darauf zurück. Sie sind also zu Herrn Rüber gegangen und haben auch ihn kaltblütig ermordet?"

„Wie Sie das sagen, klingt es richtig kriminell, dabei war es nur eine folgerichtige Konsequenz."

„Warum das Chaos in seiner Wohnung?"

„Es gab die Chance, dass Sie dadurch abgelenkt werden. In gewisser Weise war es auch ein Ventil: Was habe ich alles geschluckt durch seinen Freund?! Und er hat ihm wahrscheinlich den Rücken gestärkt, zumindest hat er ihn nicht von seinem Kurs abgehalten."

„Er wusste nichts von dem Plagiatsvorwurf!"

Dr. Herberger zog die Augenbrauen hoch. „Ach nein?"

Eine rhythmische Musik erklang. Alex zog sein Smartphone aus der Jackentasche und nahm den Anruf entgegen. Thomas bestätigte, dass der Drohbrief auf dem Laptop des Rektors geschrieben wurde. „Er hat die Datei zwar danach gelöscht, aber das war die kleinste Übung, diese Datei wiederherzustellen."

Alex gab das Gehörte weiter. Dr. Herberger nahm es ohne erkennbare Regung zur Kenntnis.

Ute sagte: „Dann fasse ich mal zusammen: Sie werden also des zweifachen Mordes angeklagt, darüber hinaus der Urheberrechtsverletzung. Der Doktorgrad wird Ihnen aberkannt werden, aber das spielt für Ihr weiteres Leben keine Rolle mehr, denn Sie werden ihn nicht mehr benötigen. Alles weitere wird dann in der Gerichtsverhandlung geregelt, zunächst gehen Sie in Untersuchungshaft."

Alex schaute auf die Uhr und stellte das Mikrophon ab, Ute gab einem Kollegen Bescheid, der den Rektor übernehmen sollte.

Nachdem dieser abgeführt worden war, sagte Alex zu seiner Kollegin: „Unglaublich, mit welcher Dreistigkeit er das alles geschildert hat. Teilweise fast, als ob er gar nicht wirklich beteiligt gewesen wäre."

„Erinnerst du dich, dass unsere Polizeipsychologin mal gesagt hat, dass Psychopathen und Narzissten kaum ein schlechtes Gewissen haben? Sie suchen die Schuld immer bei anderen statt bei sich selbst. Und er gehörte ja wohl in die Gruppe der Narzissten. Er dreht sich ständig um sich selbst, gibt sich größte Mühe, ein makellos gutes Image aufzubauen, und dann kommt da so ein untergeordneter Lehrer daher und will alles über den Haufen werfen!"

„Aus Herbergers Sicht: Hätte der ‚Schnösel' den Mund gehalten und sich arrangiert, wäre er noch am Leben. Selber schuld! Das ist echt krass."

Ute nahm ihren Rucksack und stand auf. „Da hast du recht! Komm, lass uns noch den Staatsanwalt und die Pressestelle informieren, der Schreibkram kann dann liegenbleiben bis Montag. Ich finde, wir haben ein freies Wochenende verdient."

„Eindeutig, und Gabi wird sich freuen, sie hat nämlich schon nachgefragt, ob wir am Wochenende etwas miteinander unternehmen können."

„Wir beide könnten jetzt eigentlich auch noch etwas gemeinsam unternehmen. Was hältst du davon, dass wir nachher zu unserem Lieblingsitaliener gehen?"

Alex war überrascht und strahlte: „Der Vorschlag hätte von mir kommen können!"

Nachdem Ute der Pressestelle den Verlauf des Falles und die Verhaftung des Rektors geschildert hatte, rief sie bei Dr. Fischer an. „Auslöser war tatsächlich der Vorwurf des Plagiats! Nachdem wir von der Spurensicherung die Bestätigung hatten, dass die Holzsplitter mit denen übereinstimmen, die bei Herrn Linder gefunden wurden und somit kein Leugnen mehr half, gab Herr Herberger beide Morde nahezu ungerührt zu." Mit wenigen Worten gab sie das Verhör wieder.

Der Staatsanwalt bedankte sich. „Das war mal wieder eine exzellente Arbeit! Sie beide sind ein wirklich gutes Team und verstehen es, an der richtigen Stelle die jeweiligen Experten ihres Faches einzubinden."

Er fuhr fort: „Für die Schule ist das Ganze natürlich eine Katastrophe, aber das muss nicht Ihre Sorge sein. Allerdings wäre es ein Akt der Fairness, die Chefsekretärin zu informieren, dann kann sie sich über das Wochenende mit dem Gehörten auseinandersetzen. Details sind nicht nötig, die wird sie früh genug aus den sozialen Medien erfahren."

„Da gebe ich Ihnen recht. Ich werde sie anrufen."

Sie verabschiedeten sich und wünschten sich ein erholsames Wochenende.

„Wenn ich schon am Telefon sitze, bringe ich es hinter mich!" Sie wählte die Nummer des Sekretariats, gab auch hier kurz Bescheid und sprach dann noch einige Sätze mit ihr, bis sie den Eindruck hatte, dass sie sich zumindest für den Moment wieder etwas gefasst hatte.

Ute zögerte einen Augenblick und sagte dann: „Mindestens genauso fair wäre es, Marie zu informieren." Es dauerte nicht lange, bis Marie sich meldete.

„Frau Linder, ich wollte nicht, dass Sie es aus den Medien erfahren: Der Mörder Ihres Mannes und auch seines Freundes ist gefasst. Es war Rektor Herberger, für den es unerträglich war, dass Ralf ihm nachweisen wollte, dass es Unstimmigkeiten mit seiner Doktorarbeit gibt."

„Ich…"

„Frau Linder, ist alles in Ordnung mit Ihnen?"

„Ich bin sprachlos! Für Dr. Herberger war Ralf ein rotes Tuch. Ich habe nicht viel davon mitbekommen, weil er solche Themen zu Hause ausgeklammert hat, aber gespürt habe ich es und habe oft zu ihm gesagt, dass er sich in nichts hineinsteigern soll, aber er wollte nicht auf mich hören. Dass es aber *so* weit kommen kann, hätte ich nie gedacht!"

Ihre Stimme brach ab, Ute hörte ein Schluchzen, wartete still und versicherte Marie, dass sie sie gut verstehen könne. Nach einigen Sätzen beendeten sie das Gespräch, und Marie bedankte sich für den Anruf.

Ute atmete tief durch, danach machten sich die beiden Kommissare auf zur Pizzeria, die ganz in der Nähe lag. Schon beim Eintreten fiel alle Anspannung ab: Der Raum hatte mit seinen Rot- und Orangetönen an Decke und Wänden eine warme Ausstrahlung. Gleich beim Eingang stand ein riesiger runder Steinofen, davor ein Pizzabäcker, der immer wieder einen Pizzateig mit erhobenem Arm auf einem Finger kreisen ließ – wie ein Tellerkünstler in einem chinesischen Zirkus. Danach warf er ihn in die Luft und fing ihn wieder auf, als ob es nichts Selbstverständlicheres auf der Welt gäbe.

Sie setzten sich an einen der schwarzen Tische mit weißem Tischtuch und champagnerfarbenen Servietten und schauten dem Bäcker zu, bis der Ober kam, um die Bestellung aufzunehmen. Nach dem Essen nahmen sie noch einen Espresso und machten sich dann sehr zufrieden wieder auf den Rückweg ins Präsidium.

Im Büro lag auf Utes Schreibtisch eine Ingwerknolle mit einem Gruß aus der EDV-Abteilung:

„Der Ingwer hier in Echtformat
ist ganz bestimmt kein Plagiat!"

Sie schmunzelte und freute sich über den guten Zusammenhalt im Kollegenkreis. Zu Alex sagte sie: „Es macht einfach Spaß, mit euch allen zusammenzuarbeiten, aber ich glaube, ich komme jetzt auch mal ein Wochenende ohne euch zurecht."

Mit einem verschmitzten Lächeln antwortete er: „Es geht mir genauso, auch wenn ich mich nur sehr schwer von diesem Schreibtisch wegreißen kann!"

Ute packte ihren Rucksack, wünschte ihm ein schönes Wochenende mit Gabi zusammen und verließ das Büro.

Als sie in Rüppurr aus der Straßenbahn ausstieg, war sie einen Moment von der Sonne geblendet. Es war der perfekte Wintertag, der mit strahlend blauem Himmel zu einem Spaziergang an der Alb entlang einlud. Ute schlug den Kragen ihres Anoraks hoch und war froh, dass sie dicke Handschuhe dabeihatte. Die Luft war trocken und klar, man hörte nur den knirschenden Schnee.

Auf dem Rückweg nahm sie die weihnachtlich geschmückten Gärten anders wahr als in den vergangenen Tagen: Die beleuchteten Rentierschlitten vermittelten eine gewisse Leichtigkeit, und auch die vielen kleinen Figürchen kamen ihr heute nicht kitschig vor. Sie freute sich über die Lichterschlangen um Sträucher und Bäumchen und kam schließlich fast beschwingt zu Hause an. Die Erleichterung, dass der

Fall gelöst war und keine weiteren Opfer gefordert hatte, war groß.

Ohne zu zögern ging Ute die Treppe hinauf und läutete bei Eberhards. Sie musste nicht lange warten, bis Frau Eberhard die Tür öffnete.

„Oh, Frau Becker, um diese Zeit? Dann ist womöglich der Fall gelöst? Sie sehen zumindest nicht so aus, als ob etwas Dramatisches passiert wäre. Kommen Sie herein, mein Mann sitzt im Wohnzimmer und liest."

Ute klopfte kurz an die Wohnzimmertür und trat dann ein. Herr Eberhard war genauso überrascht wie seine Frau und bat die Kommissarin, Platz zu nehmen.

„Sie erinnern sich an die Mappe mit dem ‚P'? Hier haben wir tatsächlich den entscheidenden Hinweis bekommen: Es handelte sich um einen Plagiatsvorwurf."

Sie ließ die Worte einen Augenblick wirken und schilderte dann den Besuch bei Herrn Herberger und den Beweis durch die Spurensicherung. „Nachdem der Rektor realisiert hatte, dass er den Kopf nicht mehr aus der Schlinge ziehen kann, hat er ohne Umschweife, aber auch ohne jedes Schuldbewusstsein den Tathergang geschildert."

„Dann ging es ihm also wirklich nur um Macht, wobei ich das ‚nur' zurücknehme, denn für ihn war seine Position wohl der Dreh- und Angelpunkt des Lebens. Dass dabei zwei engagierte Menschen das Leben opfern mussten, ist sehr tragisch, und auch für die junge Ehefrau ist es furchtbar. Haben Sie mit ihr nochmal gesprochen?"

„Ja. Es hat sie sehr getroffen, zumal sie wohl immer wieder versucht hatte, Ralf davon abzubringen, sich mit dem Rektor anzulegen. Ich wollte nicht, dass sie es aus den Medien erfährt, die überschlagen sich ja bereits mit den Neuigkeiten."

„Da haben Sie leider recht. So etwas wie eine Privatheit gibt es heutzutage nicht mehr. Aber ich freue mich für Sie, dass der Fall gelöst ist. Hoffen wir, dass es der letzte war in diesem Jahr, ich würde Ihnen entspannte Feiertage wünschen!"

„Danke, die wünsche ich mir auch!"

Ute öffnete ihre Wohnungstür, legte ihre Sachen ab und kochte sich einen Tee. Sie nahm den großen Becher, setzte sich mit dem Telefon auf einen bequemen Sessel und rief ihre Freundin Steffi an. „Wir hatten es neulich von dir: Mein Kollege hat nach der Gartenstadt gefragt, und ich konnte mit meinem Wissen glänzen!"

„Du rufst mich doch nicht an, um mir so eine Lappalie mitzuteilen! Rück raus damit: Habt ihr den Mörder gefasst? Selbst hier in München ist ständig von dieser Karlsruher Schule die Rede!"

„Wenn du die Nachrichten aufmerksam weiterverfolgt hättest, bräuchtest du nicht zu fragen. Ja, wir haben ihn gefasst, es war der Rektor selbst. Das ist auch der Grund meines Anrufs: Ich wollte nachfragen, ob du eine Kommissarin, die sich tagelang mit Mord und allem, was dazugehört, befasst hat, wieder auf andere Gedanken bringen möchtest?"

Steffi kam ins Schwärmen: „Du möchtest einen Kurztrip nach München machen? Super gerne! Wir gehen auf den Christkindlmarkt, schlendern an den Ständen vorbei, essen leckere Sachen und trinken Glühwein, bis du alles vergessen hast!"

Ute atmete tief durch: „Das hört sich gut an! Ich nehme den Frühzug morgen und treffe dich dann am Bahnsteig. Du bist die Beste!"

Samstag

Herr Eberhard stand mit seinem Auto bereit, um Ute zum Bahnhof zu bringen. Sie hatte die BNN aus dem Briefkasten geholt, legte ihren kleinen Koffer in den Kofferraum und stieg ein.

„Vielen Dank – ich bin froh, dass ich den Koffer nicht durch den Schnee ziehen muss!"

Als sie später im Zugabteil ihren Platz eingenommen hatte, schlug sie den Regionalteil der *Badischen Neuesten Nachrichten* auf und las:

„Die brutale Ermordung der beiden Lehrer Ralf L. und Daniel R. in Rüppurr erschüttert ganz Karlsruhe. Der Deutsch- und Geschichts- lehrer Ralf L. war am Samstag und sein Kollege und Freund Daniel R. am Donnerstag von ih- rem Vorgesetzten Rektor Dr. H. ermordet wor- den. Kurz darauf wurde der mutmaßliche Täter von der Polizei festgenommen. Als Motiv gab der geständige Rektor an, dass ihn Ralf L. nach aufwendigen Recherchen mit Plagiatsvorwürfen konfrontierte. Der Verlust des Doktortitels hätte sein Lebenswerk zerstört. Um die Tat zu vertu- schen und die Polizei auf eine falsche Fährte zu locken, beging er den zweiten Mord. Ralf L. hinterlässt eine Frau und ein Baby."

Ute schlug die Zeitung zu und dachte: ‚Hier ist in wenigen Zeilen eine menschliche Katastrophe be- schrieben.' Sie schaute aus dem Fenster: Ein stahl- blauer Himmel über der glitzernden Schneelandschaft versprach ein entspanntes Wochenende. Sie beschloss, sehr bewusst die positiven Momente wahrzunehmen.

Weitere Krimis der Autorin

Jutta Ebersberg
Friedhofsruhe
Ein badischer Krimi
ISBN: 978-3848215614
auch als E-Book erhältlich
204 S., 12,90

Die gut organisierte Kommissarin Ute Becker ermittelt zusammen mit ihrem jüngeren, etwas
beleibten Kollegen Alex Weingärtner im Fall Emmi Weisser,
die auf dem Rüppurrer Friedhof
erwürgt aufgefunden wurde. Es
gibt zunächst kein erkennbares
Motiv: Frau Weisser war eine
ältere, allseits beliebte, freundliche und immer hilfsbereite Frau,
die keine Feinde zu haben
schien.

Jutta Ebersberg
Traumpralinen
Ein badischer Krimi
ISBN 978-3-7322-5556-6
auch als E-Book erhältlich
200 S., 12,90 €

In ihrem zweiten Fall werden
die Kommissarin Ute Becker
und ihr Kollege Alex Weingärtner zu einem Unfallort gerufen:
Nicole Hochstätt-Karcher ist
auf dem Weg ins Albtal mit
ihrem Sportwagen tödlich ver-
unglückt. Es stellt sich heraus,
dass sie kurz vor der Fahrt
selbstgemachte Pralinen genos-
sen hat… Nicole war die Tochter des Besitzers der Firma
„Exquisitmöbel" in Ettlingen.